나는 고전 읽는 배달라이더다

이병선 지음 ———————

큰글자책 1쇄 발행 2021년 8월 31일

도서명 [큰글자책] 나는 고전 읽는 배달라이더다

지은이 이병선

펴낸이 유종열

펴낸곳 미다스북스

주소 서울 마포구 양화로 133 서교타워 711호

전화 02-322-7802

팩스 02-6007-1845

전자우편 midasbooks@hanmail.net

공급 및 판매처
제작 : 부건애드
주문 : 한국출판협동조합 kbook.biz 플랫폼
전화 : 070-7119-1791, 070-7119-1789
팩스 : 02-716-6769

ISBN 978-89-6637-950-7
정가 25,000원

공부하는 라이더의 좌충우돌 성장형 인문계발서!

나는 고전 읽는 배달라이더 다

이병선 지음 ──────

미다스북스

프롤로그

출판을 위해 '탈고'와 '퇴고'라는 걸 해보았다. 원래 글을 한 번 쓰면 정성을 들여 제대로 탈고하지 않았다. 그래도 이번에는 많은 사람과의 원활한 소통을 위해 시간을 들여볼 요량으로, 자주 이른 아침 집을 나섰다.

이른 아침에 봄바람을 맞으며 도로 위를 달린다. 헬멧 안에 장착된 블루투스 스피커에서는 볼빨간사춘기의 〈나만, 봄〉이라는 봄 노래가 잔잔하게 흘러나오고 있다. 이렇게 뭉친 강력한 봄의 기운은 내 몸 깊숙이 스며들어 모든 생명체를 사랑스럽게 만드는 이상한 기현상을 느끼게 한다. 이렇게 봄이 무르익은 3월부터 시작한 탈고와 퇴고 작업이 아침저녁으로 쌀쌀함마저 감도는 가을까지 이어졌다.

탈고를 위해 나의 글쓰기 터가 되어준 곳은 동묘앞역 맥도날드다. 1,000원짜리 싸구려 커피가 나는 좋다. 설탕 넣으면 어차피 그 커피가 다 그 커피니까. 달달한 커피가 나는 좋다.

오늘도 여기 알바생들은 나의 터를 위해 삶의 한정된 시간을 소비해주고 계신다. 안 그래도 저렴한 최저 시급인데, 여알바생들에게는 더 저렴하게 느껴질 것이다. 왜냐하면 태생적으로 체력이 남자보다 약한데도 같은 시급을 받으며 같은 일을 하기 때문이다. 그래서 지금 보이는 여알바생의 표정이 굳어 있는 것일까? 밤새워 일해 체력이 얼마 안 남아서 표정 관리에 쓸 체력이 부족하다는 듯하다. 그걸 묵묵히 이해하고 있는 듯한 키 큰 덩치의 남알바생은 조용히 계속해서 몸을 움직일 뿐이다.

그렇게 저분들은 다른 사람의 생산에 필요한 터를 닦아주고 계신다. 너무 감사하고, 그리고 미안하다. 내가 너무 모르고 살아왔다는 생각에 너무 미안한지, 눈물이 그냥 흐른다. 자주 다니는 PC방 알바생, 카페 알바생, 김밥집 아주머니들이 떠오른다. 정말로 감사하다.

모든 사회의 생산 활동은 바로 이렇게 터를 관리해주고, 밥해주시는 분들이 있기에 존재하는 것이다. 핵심은 이분들이고, 나머지는 사실 부가가치 정도에 불과하다고 생각한다. 다시 한 번 고맙다고 말하고 싶지만, 말로 표현해 봤자 어차피 부족함이 느껴지기에 더는 하고 싶지 않다. 왜 그런지 모르겠지만 요새 이상하게 이런 분들을 볼 때마다 너무 쉽게 눈물이 맺힌다.

그리고 또 내가 글을 써올 때마다 시간 내어 같이 들어주신 '위드북 세미나' 분들께 고맙다고 말하고 싶다. 탈고하면서 보니, 내가 읽어도 무슨 소리인지 이해가 안 되는 글들이 있었다. 나 스스로 감정을 제어하지 못해 막 써 내려간 것이다. 나 자신도 이해가 안 돼 고치느라 힘들었는데, 그걸 애써 지적하지 않고 묵묵히 이해해주시고 여기까지 오게 해주셔서 감사하다. 그런데 어차피 지적하셨어도 잘 안 고쳤을 거다. 최근까지 늘 그렇게 귀를 닫고 살았으니까.

또 우응순 선생님께도 감사하다고 말하고 싶다. 역시 묵묵히 밀어주고 당겨주시며 나를 여기까지 오게 해주셨기 때문이다. 그냥 배달하다 열 받는 일 있으면 누군가에게 감정이나 폭발시키며 틈틈이 한문 공부나 하다가 갈 뻔했는데, 덕분에 이렇게 책까지 내게 되었으니 말이다.

개인적으로 이 책의 사회 파트를 쓰면서 충격을 많이 받았다. 이 사회라는 구조가 이렇게 생긴 것인지 나는 몰랐다. 그냥 내 생계를 위한 최소한의 돈만 벌며 내 남은 시간을 보내고 있었을 뿐이니까. 남에게 금전적인 피해를 주며 살고 싶지 않았고, 그러한 나 역시 금전적 피해를 받지 않으며 그냥 그렇게 나만의 '재미있는' 생활을 보내고 있었다. 그냥 나는 나대로 재미있게 살고, 당신은 당신대로 재미있게 살다 가면 그만이라고 생각할 뿐이었다. 남에게 관여받고 싶지도 않고, 나 또한 관여하고 싶지 않았다.

하지만 이제는 사회가 너무 슬프다는 생각이 든다. 괜히 알았다는 생각이 들기도 하지만 말이다. 부득이 이왕 알았으니까, 그냥 이제 나도 사회에 편입해서 배운 고전을 이용해 하나의 밑거름이 되어볼까 한다.

마지막으로, 최저 시급에 준해 자신의 시간을 팔고 계신 분들에게는 좀 양해를 구하고 싶다. 한다고 했지만, 처음 내는 책이라 글에 부족한 면이 있을 수도 있어서 그렇다. 그래도 처음 내는 책이니까, 그냥 재미있게 읽어주셨으면 좋겠다. 다음 책에서는 보다 더 노력해서, 그 소중한 시간의 값어치에 보답해보려 한다. 시간의 값어치에 비교될 만한 것이 존재하는지 모르겠지만….

감사합니다. 배달원 병선이 올림.
2020년 가을 즈음에

> **일러두기**
> 이 책에 쓰인 고전 원문은 '인문학당 상우'에서 자체 제작한 판본을 따랐기에 별도 출처 표기 없이 원전 표기만 하였습니다.

목 차

2부   라이더, 고전을 만나다

3장.   평범한 사람들에게서 고전을 읽다

4장.   내가 배운 것과는 다른 사회의 모습

인트로 – 나는 배달이 좋다

배달 알바는 알바 중에서도 시급을 조금 더 받는 일이었지만, 수로 60~100만 원 선에서 나름의 균형을 맞추며 살아왔다. 그래서 많이 일해주지 못해 사장님을 아쉽게 하는 일은 많았을지라도, 나의 만족을 위해 남과 수입을 경쟁하여 불편한 상황을 만든 적이 없다. 또, 적정한 노동시간을 유지하며 과하게 해본 적이 없기에 몸에 큰 병이 난 적도 없고 큰 사고도 없었다. 그래서 『도덕경』을 남긴 노자의 말마따나 몸에 별 탈 없이 꾸준히 노동할 수 있었던 게 아닌가 싶다. 바로 다음 구절이다.

> 知足不辱(지족불욕) 知止不殆(지지불태), 可以長久(가이장구).
>
> 적당한 지위에 만족할 줄 알면 욕되지 않고 적당한 재물에 머무를 줄 알면 위태롭지 않나니, 그래야 오래갈 수 있다.
>
> – 『노자』 「44장」

번듯한 직장에 들어가보려는 시도를 해본 적이 없기에 불명예로 낙담하거나 치욕을 당할 일도 없었고, 적절한 수입에 만족하며 가급적 적게 일했기에 내 몸이 위태로울 일도 없었다.

그럼 위 노자의 말은 진정 나를 두고 하는 말인가? 그럴 수도 있고, 아닐 수도 있다. 노자가 어떤 환경과 맥락에서 저 말을 했는지 가늠해볼 순 있지만, 정확하지는 않다. 왜냐하면 이미 수천 년 전에 만들어진 책이기 때문이다. 지금으로서는 맥락을 이어서 최대한 가까이 가늠해볼 수만 있을 뿐, 100% 정확히 알 수는 없다. 그렇기에 내 경험을 기준으로 고전을 이해해보려 한다.

오래 할 수 있었던 이유를 곰곰이 생각해보면, 지금껏 내가 하고 싶은 다른 일을 찾지 못해서였다. 찾아보려 하지도 않았다. 나 스스로 직장에 이력서를 내는 일도 없었기 때문이다. 부모님께서 하시는 일이라 부득이 중학생 무렵부터 시작한 일이었지만, 바람을 맞는 이 일만큼 나에게 자유로움과 시원함을 주는 일이 또 있을까 싶었다. 이거 하나만으로 충분하다고 생각했기에, 다른 걸 찾으려고 하지 않았다.

그러고 보면 '나는 소확행(소소하지만 확실한 행복)만을 쫓아온 사람이 아닌가?'라는 생각이 든다. 남들은 일상생활의 소소한 일을 가지고 저 말을 쓰지만, 나는 소확행을 내 직업에 연결한 것이다. 너무 지나치게 소소해 보이는 배달일에서 나는 이상하게 확실한 행복감이 느껴졌다.

'그럼 30대 후반부를 살아가는 나는 일찍부터 행복을 찾은 사람일까, 아니면 사회 부적응자로 전락해버린 사람일까?'

이 질문을 지나가는 사람들에게 한다면 아마도 후자가 아니겠느냐고 대답할 것 같은 느낌이 99%다. 같이 배달일을 하는 어떤 동료도 그런 뉘앙스로 말해서, 덩달아 그런가 싶은 느낌에 내 주장이 약해질 때도 있다. 하지만 역시 아니다. 내 삶을 돌이켜보면 나는 확실히 전자 쪽인 소확행에 무게를 누고 살아왔다.

『시경』의 한 구절이 있다. 집 안에 걸어놓기도 하는 유명한 구절이다.

鳶飛戾天(연비려천), 魚躍于淵(어약우연).
솔개는 하늘에서 날아다니고, 물고기는 못에서 뛰논다네.
– 『시경』「대아 한록」

솔개는 하늘에 있기를 좋아하고, 물고기는 연못에 있기를 좋아하는 본성을 가진 것처럼, 나는 배달하는 일이 좋았다. 도심의 유일한 평원인 도로 위를 바람과 함께 달리고 또 막힘없이 물 흐르듯 다니면서 여러 사람을 만나는 일이 나는 좋다.

1부

나는,
라이더다

나에게 돈이라는 것

『논어』에 다음과 같은 말이 있다.

子曰(자왈) 飯疏食飲水(반소식음수), 曲肱而枕之(곡굉이침지), 樂亦在其中矣(락역재기중의).

공자께서 말씀하셨다.

"거친 밥을 먹고 물을 마시며, 팔을 굽혀 베고 자더라도, 즐거움이 또한 그 가운데 있다."

- 『논어』「술이」

'거친 밥을 먹고 물을 마신다'는 말을 요즘 말로 바꾼다면 특별한 반찬 없는 쌀밥에 김치와 물 정도의 식사가 될 것이다. '팔을 굽혀 베고 잔다'는 말은 반지하나 옥탑 정도에서 조금은 불편하게 산다는 의미가 될 것이다.

그래도 공자는 즐거움이 그 가운데에 있다고 말한다. 정이천이라는 학자는 무슨 즐거움을 말하는 것인지 잘 생각해보아야 한다고 해설을 달았다. 뭔가 원대한 즐거움이 있을 거라 생각했던 듯하다. 과연 고차원적인 즐거움일까? 내가 생각해보건대, 그래도 굶지는 않으니까 즐거운 거 아닐까?

이 구절을 보고 있으면, 『88만 원 세대』라는 책이 떠오른다. 대다수의 20대 청년들이 88만 원의 비정규직 수입으로 살아간다는 내용이었다. 나 역시 그렇게 살아왔다. 비정규직이라고 할 것도 없이 알바 수입으로 살아왔다. 20 초반부터 30대 초반까지 나의 수입은 늘 100만 원 정도에 머물러 있을 뿐이었다.

그러다 우연히 공부의 길로 접어들어, 이사를 해야 했던 때가 있었다. '감이당'이라는 인문학 공동체에서 공부를 시작하던 2015년, 주거 지역이 그 근처 '중구 필동'으로 바뀐 것이다. 그 바람에 꾸준히 해오던 배달 알바를 잠깐 멈췄다.

32년 동안 한결같이 살아온 도봉구를 떠나 새로운 곳을 만나 어리둥절해하던 시기에 나 역시 인문학 연구실 사람들이 주로 하던 '장애인 활동 보조 알바'를 따라 하게 되었다. 그렇게 시작한 알바를 2015년 4월부터 시작해서 2018년 2월까지 했으니까 대략 3년을 한 셈이다. 3년을 일해서인지, 통장에 500만 원이라는 퇴직금이 들어왔다. 노동력을 팔아서 최고로 많이 받아본 금액이었다.

그렇다. 나는 4대 보험 가입 기준인 60시간 이상 노동을 3년 연속으로 해본 것도 처음이다. 통장에는 늘 몇십만 원의 생활비가 유지되고 있을 뿐이었다. 여유가 있을 때는 비상금 100만 원 정도를 보유하기도 했었다. 그 100만 원이라는 한 달 치 식량을 쌓아놓고 있으면 나름 재력가라는 생각이 들어 마음이 여유로웠다.

그런 나에게 500만 원이 생긴 것이다. 통장 잔액을 보고 있노라면 로또를 맞은 것처럼 기분이 얼떨떨해 실감이 나질 않았다. 앞으로 살아갈 반년 치를 벌써 준비한 나를 보노라면 스스로가 참 대견스러웠다.

이쯤 되면 '이 사람은 왜 이리 게으른 걸까?'라는 의문이 들 수 있다. 하지만 나는 적어도 게으르게 살아오지는 않았다. 고등학교에 들어갈 무렵부터 주말만 되면 늘 부모님 치킨집에서 배달일을 했고, 그렇게 시작한 주말 배달일을 서른세 살까지 했다. 또 군대를 제대한 스물세 살부터는 개인 용돈을 벌겸 집 앞 피자헛에서 배달 알바를 시작했고, 그 일도 하다 보니 10년을 넘게 했다.

대학교에 다니면서도 쉬지 않고, 치킨집과 피자집 일들을 함께 해나갔다.

남들 다 가는 대학을 따라갔을 뿐이어서, 결국 대학을 졸업하고서도 취업에 대해 생각해본 적이 없다. 늘 그랬던 것처럼 하던 알바만을 계속할 뿐이었다. 그리고 필동에 살고 있는 현재, 그 배달일을 다시 이어나가 지금은 배달의 민족에 소속돼 배달대행을 하고 있다.

나는 지금껏 일을 쉰 적이 거의 없다. 노동을 손에서 놓아본 적이 없기에 통장에는 매달 월급이 찍혔다. 물론 많이 못 해서 30~50만 원 정도일 때도 종종 있었지만 말이다. 그렇게 내 수입이 늘 100만 원 이하에 머물렀던 건, 일을 많이 해야 할 이유를 찾지 못해서였을 뿐이다.

집 장만은 내 꿈이 아니다. 멋진 자가용을 사는 것도 별 흥미가 없다. 비싼 옷도 필요 없고, 비싼 음식도 필요 없다. 결혼은 할지 안 할지 지금으로서는 알 수 없다. 노후 또한 마찬가지다. 오늘 죽을지 내일 죽을지 알 수 없다. 너무 멀어 가시적이지 않은 일은 나에게 뜬구름처럼 보이기에 체감되지 않는다.

하지만 돈을 안 모아본 것도 아니다. 내가 거금을 모아야 했을 때가 있었다. 피자헛에서 즐겨 어울리던 형이 자립하여 사는 것을 보고서, 나도 20대 후반에 독립을 결심했을 때였다. 독립이라고 해봤자 본가 근처에 월셋집을 하나 따로 얻는 것에 불과할 뿐이었지만 말이다. 그럴 거면 왜 나왔냐는 말을 듣기도 했지만, 시작은 늘 가까운 곳에서부터 하는 법이니까 그게 맞다. 어쨌든 그때 집 보증금 200만 원 정도가 필요했다.

분명히 '지금, 이 순간' 필요한 일이었기 때문에 내 몸이 그에 반응했다. 하루 세끼를 굶을 일이 없고, 또 내 이사를 위해 리어카와 오토바이를 끌고 오는 피자헛 형들이 늘 옆에 있었기에, 돈은 적었지만 내 삶에 즐거움이 부족한 적은 없었다.

예의라는 것은 상대방에 대한 배려 아닐까?

한 달 60시간 넘는 노동을 길게 팔아서 받은 퇴직금 500만 원, 이 통장 잔액의 풍요로움을 길게 누리고 싶었다. 그래서 용돈 벌이라도 조금씩 할 생각에 다시 도봉구 피자헛에 찾아갔다. 사장님과 이모는 아직도 여전하시다. 5년 넘게 늘 시켜 먹던 진미식당에서 찌개를 시켜 드시고 계셨다. 진미식당 아저씨의 넉넉한 인심은 아직도 찌개와 반찬에 묻어났다. 다시 먹어본 그 맛은 마치 집으로 돌아와 어머니가 차려주시는 밥처럼 그리운 맛이었다.

내가 여기서 10년을 일했다니, 함께 식구처럼 오순도순 또는 티격태격하며 지냈던 그 많은 인연이 떠올랐다. 그렇게 함께 밥을 먹으며 그동안의 안부를 나눴다. 당분간 한가해졌으니 필요하시면 한두 번 써 달라는 말을 남기고 돌아왔다.

그렇게 두어 번 부름을 받고 104번 버스를 타고 가던 중에 문득 번거롭다는 생각이 들었다. 거리도 먼데, 굳이 거기까지 가서 배달일을 해야 하나 싶었다. 배달일은 어차피 지금 살고 있는 필동에서도 할 수 있는 그야말로 흔한 일이기 때문이다. 알바는 시간이 생명인데 출퇴근 시간만 아까울 뿐이었다. 그러던 중에 문득 버스 창문 밖으로 민트색의 배민 라이더스 간판이 보였다. 멍 때리고 갔으면 그냥 지나칠 간판이었는데, 그런 생각이 들자 정말 신기하게도 내 눈에 그 간판이 비춰졌다. 묘한 느낌이 든다.

2018년 3월 면접날. 네모난 테이블을 사이에 두고 점장님과 나는 서로 마주 보았다. 그런데 나도 모르게 다리를 꼬고 있었던 모양이다. 그런 나를 보고 점장님은 본인의 바른 자세를 가리키며, 나에게도 그런 바른 자세를 요구하셨다.

글쎄… 나는 잘 모르겠다. TV 토론에서도 처음에 인사할 때만 예의를 차리고 서로 대담하는 상황에서는 다리를 꼬기도 한다. 다리를 꼬고 앉아 있다고 해서 서로 경청하며 정중히 말하지 않는 것이 아닌데, 왜 굳이 그런 하찮아 보이는 일을 지적하시는 걸까 싶었다. 오히려 초면에 결례가 아닌가 하는 생각이었다. 어떤 인연이든 처음 찾아온 손님을 편하게 해주는 것이 '예의'가 아닐까?

그렇다. 나는 반대로 일의 실질적 본질과 상관없는 지적이 오히려 초면에 실례가 된다는 생각이다. 차라리 내가 다리를 꼬고 있어서 테이블 밑에 본인다리를 두기가 불편하다거나, 통행에 방해가 된다고 말씀하셨으면, 나는 금방 이해했을 것이다. 단순히 자신이 가진 어떤 삶의 표준이 침범당하는 것에 대한 심기의 못마땅함이 아닌, 실제 물리적으로 누군가에게 불편을 주고 있기 때문이다.

나는 점장님께 똑바른 자세를 요구한 적이 없다. 그저 본인이 좋아서 하고 있거나 그게 맞는 사회적 예의라고 배워 실천하고 계실 뿐이다. 그리고 따지고 보면 내가 눈치 보며 면접을 봐야 할 처지도 아니다. 나는 공급이 부족한 라이더니까. 시킨 적도 없고 본인이 좋아서 하는 예의를 왜 나에게 강요할까? 이것이 노자가 비판한 예의의 전형이다.

上禮爲之(상예위지), 而莫之應(이막지응), 則攘臂而扔之(즉양비이잉지).
최고 수준의 예는 자기의 행위에 응답이 없으면, 팔을 걷어붙이고 억지로 시킨다.
- 『노자』 「38장」

위 노자의 『도덕경』은 도가의 대표 서적으로, 공자로 대표되는 유가의 학문을 비판한다. 특히, 유가가 내세우는 인위적인 예의의 부자연스러움을 꼬집는다. 위에서 말하는 '최고 수준의 예'라는 것은 융통성 없이 정해진 예의의 차림새만을 고집하는 사람을 말한다.

그래도 면접을 보러 오기 전에 이왕이면 이름난 큰 대행업체에서 일하는 게 스케줄상 나에게 편하겠다는 생각으로 온 터라, 내가 이러면 안 될 것 같았다. 만에 하나 거절당할 수도 있기 때문이다. 일단 안전히 입사하고 볼 일이었다. 지금은 입사를 결정하는 순간이고 저분은 결정권자다. 웬만하면 이곳에 입사하고픈 나의 아쉬움이 있기에, 이 순간 저분은 갑이 되고 나는 을이 되는 것이다. 지금은 을답게 온순한 양의 모습으로 있어야 할 때다.

지위고하를 막론하고 모두를 하나의 동등한 생명체로 대하는 도가 사상보다도, 지금 이 순간은 지위고하가 있는 인간 사회의 질서를 따라야 하는 것이다. 이것이 '때에 맞게 행한다'는 『논어』의 핵심 키워드인 '시중(時中)'이기도 하다.

그러고 나서 점장님은 배민 라이더스라는 회사에 대해 아느냐고 물으셨다. "배달의 민족에서 직접 운영하는 배달대행이요!"라고 그냥 단순히 말하면 되는데 나는 고민에 빠진다.

'음? 어디까지 알아야 하는 거지?'

어디까지 알아야 안다고 대답할 수 있는지 가늠이 되지 않아 나는 깊은 고민에 빠졌다. 그래서 그냥 모른다고 하자, 어떻게 그걸 안 알아보고 왔냐는 식으로 말씀하셨다.

이것도 나는 좀 당황스러웠다. 배달일에 관해 묻는 것도 아니고, 회사에 대해 아는지를 묻는 것은 나로서는 참 난감한 질문이다. 이 회사가 어떤 회사인지 나랑 무슨 상관일까? 이 회사의 정규직이 될 생각도 없는데 말이다. 난 그저 이 회사가 원하는 배송 스타일에 맞춰 음식을 배달해주고, 돈만 받아가면 되는 입장이 아닌가? 그리고… 모르면 그냥 알려주면 되지 않나?

그러면서 또 하는 말씀이 이곳은 기존 배달업소와는 다르다고 하셨다. 라이더분들을 예우하고 있고, 그만큼 라이더분들도 기존의 저렴한 배달원 마인드를 버리고 노력해주셔야 한다고 말씀하셨다. 글쎄, 잘 모르겠다. 온몸으로 바람과 비와 눈을 맞으며, 사계절의 거친 환경을 받아들이는 라이더들이 과연 길들여질까 하는 재미있는 의심이 들었다.

어쨌거나 기존의 배달업소와는 다른, 꽤 우아하고 품격 있는 면접이었던 건 사실이다. 나도 그렇게 되기를 바란다.

오래 할 수 있는 힘

배민 라이더 고용 형태에는 두 종류가 있다. '급여제'와 '지입제'다. 급여제는 직원으로 배민에 직접 고용되는 형태이다. 그래서 4대 보험이 가입되고, 주유비도 주고, 식대도 준다. 그렇기에 주 5일 8~9시간을 고정적으로 일한다.

월급은 대강 200만 원 정도에 플러스 인센티브다. 인센티브는 한 달에 몇 콜을 처리했는지에 따라 다르다. 보통 한 달 250만 원 정도는 벌어간다고 들었다. 그런데 콜을 많이 하기는 쉽지 않다. 왜냐하면, 주로 지입제가 가기 싫어하는 콜들, 즉 시간이 오래 걸리는 '똥콜'을 관제에서 배정해주기 때문이다.

말이 나온 김에 관제에 대해서 잠깐 설명을 하고 넘어가려 한다. 관제는 근무 중인 매니저가 맡아서 하는 일이다. 라이더들은 각자 소지한 개인 스마트폰으로 업무를 시작한다. 배달앱을 켜면 우리의 현 위치와 상태가 컴퓨터 화면 지도 위에 표시된다. 라이더들이 어디에 있는지, 어떤 배차를 잡고 있는지 관제에서는 다 보인다.

쉽게 말해 우리는 부루마블 판 위의 말의 신세와 같다. 다 지켜보고 있다. 지켜보면서 그 라이더 동선에 맞는 콜을 추가 배정해주기도 하고, 인기 없는 똥콜을 떠맡아줄 한가한 라이더들을 살펴보기도 한다. 그렇게 전체를 조율하는 역할이다.

반면에 지입제는 콜당 돈을 받는 구조다. 콜은 단타, 중타, 장타 이렇게 크게 3가지로 나눠볼 수 있다. 단순히 꿀콜과 똥콜로 나누기도 한다. 업소와 배달지의 거리에 따라 콜당 최소 3,000원에서 최대 6,000원 정도를 받는다. 단타는 3,000원에서 3,500원짜리 콜을 말하고, 중타는 4,000원 정도, 장타는 4,500원부터 6,000원 짜리다. 여기에 더해 필요에 따라 1,000~2,000원 정도의 프로모션 금액이 추가된다. 앞으로 할 이야기를 위해 편의상 실제에 맞게 내가 분류해본 것이다. 콜비는 대강 이런 구조다.

처음에 입사했을 때는 다들 한두 개 콜만 들고 다닌다. 왜냐하면, 세 콜 이상 잡으면 시간 안에 다 처리할 수 없을 것 같은 두려움이 들어, 심장이 콩닥콩닥 뛰기 시작해서다.

내 기준으로 얘기를 하자면, 예전에 엄청 바쁠 때 아홉 콜, 즉 9배차를 잡아서 들고 다닌 적이 있었다. 그날 무리하게 한 이후로 대담해져서, 이제는 10배차를 들고 있어도 급한 마음 없이 그냥 슬금슬금 다니고 있다. 이렇게 하

나는 고전 읽는 배달라이더다

다 보니, 내가 주로 일하는 대학로에서 단타만 잡으면 시간당 평균 6콜은 하게 되었다.

첫 월급이 80만 원 정도였는데, 이제는 배달 효율이 좋아져 고전 공부를 하며 틈틈이 하면서도, 저번 12월에는 300만 원을 찍었다. 300만 원을 찍은 순간 나의 역량에 스스로 기쁘면서도, 한편으로는 '나를 이만큼 부려먹었구나.'라는 생각이 들었다.

늘 그래왔던 것처럼, 이렇게까지 많이 벌 필요는 없다. 그래서 이제는 노동 시간을 팍 줄일 예정이다. 아마 이게 최고치가 되지 않을까 싶다. 나는 가급적이면 내 시간을 적게 팔고 싶기 때문이다.

하다 보면 수입은 자연스럽게 늘기 때문에, 콜을 벅차게 잡으면서 열심히 하려고 할 필요는 없다. 낯선 지역이긴 했지만, 나는 대략 20년 정도 배달일을 해온 경험이 있어 적응이 빠른 편이었다. 나야 굳이 다른 걸 하고 싶은 마음이 없어서 20년까지 했지만, 보통은 10년 이상 한 가지 일을 오래 하다 보면 능숙하게 되어 그 분야의 '장인' 수준이 된다. 모든 일이 그러한 것처럼 오래 반복하다 보면 자연스레 전문가가 되어간다.

오래 하는 힘은 바로 용기이다. 이 용기라는 것은 『중용』이라는 고전 책의 핵심 키워드인 '삼달덕(三達德)'에 해당한다. 삼달덕은 지혜(知), 어짊(仁), 용기(勇)를 말한다.

용(勇)이라는 한자를 한글로 대체해서 보통 '용기'라고 실생활에서 많이 쓰고 있지만, 그 원래 의미와는 차이가 있다. 한순간이나 단기간에 낼 수 있는 자랑하는 힘을 말하는 게 아니고, 지속해서 길게 가져가는 힘이 바로 원의미에 맞는 용(勇)이다.

나머지 두 가지인 지혜(知)와 어짊(仁)을 쌓아가는 추진력은 용(勇)이 밑바탕이 되는 것이다. 그렇기 때문에 처음부터 욕심을 부려 엑셀을 당기면 안 된다. 슬금슬금 '재미 삼아' 다니기부터 시작해야 한다. 중요한 것은 꾸준함의 용(勇)이지, 단시간의 열정이 아니다.

지입제의 자유로움

지입제의 장점은 자유로움에 있다. 원하는 콜을 잡고 자신이 한 만큼 가져간다. 센터 안에서는 서로 이야기하며 화기애애하지만, 필드에 나가게 되면 좋은 콜을 잡으려고 서로 콜 경쟁을 하게 된다.

처음 계약을 할 때, 지입제는 개인사업자로 분류된다. 그때 내가 개인사업자라는 말을 듣는 순간, 내 생각은 단순했다. '내가 사장님이니까, 이제부터 출퇴근은 오로지 나의 마음이구나!'라고. 사실 공부 일정이 꽤 빽빽하게 들어가 있는 터라, 길게 해야 하루에 반 타임 정도밖에 하지 못하는 처지이기도 했다.

나는 몇백 명 중 한 명의 라이더일 뿐이다. 이 위치를 개인적으로 가장 좋아한다. 있어도 그만 없어도 그만인 위치 말이다. 그래야 덜 일할 수 있고, 혹시 빠지더라도 나를 대체할 사람은 얼마든지 있어 부담스럽지 않다. 그러면서도 늘 일할 사람이 부족해, 거꾸로 사장님이 을이 되기도 하는 이런 직업이

나는 좋다.

일하는 시간은 안정적인 운영을 위해 다음 주 일정을 미리 알려주는 식이다. 개인사업자임에도 불구하고 초반에는 출퇴근 관리를 엄격히 했다. 다들 출퇴근 시간을 직원처럼 딱딱 맞춰 일해왔다. 하지만 실제로 나는 일정이 빽빽하기도 하고 유동성이 잦아, 스케줄을 매주 바꿔야 했다. 그렇게 일정을 종잡을 수 없었던 나는 초반부터 매니저들의 엄격한 관리에서 운 좋게도 일찌감치 예외가 되어버렸다.

"병선님, 오늘 출근하세요? 병선님 스케줄을 아는 매니저가 아무도 없어요."

"음? 담당 매니저에게 스케줄 보냈는데요. 저 오늘 저녁은 교육원 수업 있어요."

사실 이런 관리를 당한다 하더라도, 라이더들은 지각이나 무단조퇴를 매일 밥 먹듯이 하는 경우가 허다했다. 또 출근했다 하더라도 콜을 잡지 않고 자기 시간을 보내는 분도 많다. 사실 나도 그중 하나이다. 그런 사람들을 관리해야 하는 매니저는 그 스트레스에 속이 터져서 육두문자를 날리면서 일하기도 한다. 물론 간혹 진짜 아파서 결근 신청을 하는 사람도 있기는 할 것이다. 하지만 이상하게도(?) 비 오는 날이면 그 숫자는 더 많아진다. 그래도 예

나는 고전 읽는 배달라이더다

의 있는 사람은 연락해서 결근 사유를 알려주는 식이다.

사정이 생겨 조퇴를 자주 하기도 한다. 우비를 안 가지고 오신 분, 빨래를 널어놓고 오신 분, 집에 밥 먹으러 갔다가 연락 두절 되신 분, 부모님 부르심을 받은 분, 폰이 고장 나신 분, 딱지 끊겨서 그 분노를 삭이지 못하고 그냥 퇴근하시는 분 등등 그 핑계는 아마 셀 수 없을 듯하다.

개인적으로 딱지를 끊기는 날은 조퇴해야 한다고 생각한다. 그 내상은 나름 심각한 편이기 때문이다. 한가로운 도봉구에서 종로·중구로 배달 영역을 옮긴 초반에, 나 역시 딱지에 적응이 안 되어 퇴근한 적이 있었다.

"저 오늘 일할 기분이 아니에요. 퇴근할래요."

쓸데없이 너무 직설적으로 말했는지, 그때 매니저가 많이 당황해하던 기억이 난다. 그렇게 조퇴나 무단결근을 하고서는 모른 척 조용히 다음 날 출근하는 패턴이다. 사실 개인사업자라서 실질적으로 제재할 방법이 많지 않아 잘 통제가 안 된다. 너무 정도가 심하면 잘리겠지만, 출근일과 근무시간이 어느 정도(?) 융통성이 있는 건 사실이다.

또, 최근 2019년 11월에 요기요 배달원들이 사실상 근로자처럼 제어를 받았다며 근로자로 인정해달라는 민원을 제출한 적이 있었다. 후에 결국 고용노동부는 그들을 근로자로 인정했다. 그 사건 이후 업계가 긴장되었는지 출퇴근 관리 및 강제 배차에 있어 아예 손을 놓았다. 그런 걸로 터치하는 순간 개인사업자가 아닌 근로자로 인정될 수 있는 부분이기 때문이다.

매니저들과 친하게 지내는 동생은 농담 반 진담 반으로 대답한다.

"××님, 부암동 가는 콜 좀 부탁드릴게요."
"어? 지금 저한테 지시하신 거예요? 저 근로자로 인정하시는 건가요??"

나는 지입제다. 이런 유연함이 좋다. 콜 한 개로 3,000원을 벌든, 콜 10개로 30,000원을 벌든 자기 자유이기 때문이다. 이런 지입제의 특이성은 『장자』에 나오는 들꿩 이야기와 닮았다.

澤雉(택치) 十步一啄(십보일탁), 百步一飲(백보일음). 不蘄畜乎樊中(불기휵호번중). 神雖王(신수왕), 不善也(불선야).

들꿩은 열 걸음 걸어야 모이 한 번 쪼고, 백 걸음 걸어야 물 한 모금 얻을 수 있다. 그래도 새장에서 길러지기를 바라지 않는다. 먹이를 찾는 수고로움이야 없겠지만, 자유롭게 살려는 본성에는 맞지 않기 때문이다.

-『장자』「양생주」

위 고전은 『장자』의 「내경편」에 나오는 구절이다. 2017년에 『도덕경』에 이어 『장자』의 「내경편」을 읽었다. 장자는 자유롭게 살려는 인간의 본성에 맞게 살아야 한다고 말한다. 마침 배달이라는 직업이 완전한 프리랜서가 되는 때를 만난 것이다.

그래도 나는 아직 무단결근을 하지 않았다. 늘 진실한 핑계를 구체적으로 말해주는 편이다. 그게 서로에 대한 예의가 아닌가 싶다.

언제나 자연스러움이 최고다

종로·중구의 특수성을 좀 얘기하자면, 배달 환경이 서울 지역 중에서 심각하게 안 좋은 지역이다. 서울역, 명동, 시청, 광화문이 있는 서울의 중심지여서다. 출퇴근 시간이 되면 도로가 주차장이 되는 건 기본이고, 또 주말만 되면 집회나 각종 기념일 행사로 자주 도로가 통제된다. 배달하기 참 많이 불편한 지역이다. 길이 차단되거나 막혀서 정체되면 라이더들이 받는 스트레스가 이만저만이 아니다.

이런 특수 환경으로 라이더 퇴사율 또한 센터 중에서 가장 높은 편이다. 다른 센터에서 지원 온 라이더들도 한 번 해보고 나서, 보통은 다시 오지 않는다. 그만큼 시간 대비 돈이 되지 않기 때문이다.

알바는 시간이 돈이지만 특히 라이더들은 시간에 더 민감한 편이다. 그래서 종로3가와 충무로를 기준으로 세로로 선을 그어 동쪽과 서쪽으로 나눈다고 했을 때, 서쪽을 잘 가려 하지 않는다. 서쪽에 저런 악조건이 밀집되어 있고, 주문한 음식을 주고받는 데 시간이 오래 걸리는 초고층 빌딩들이 많아서다. 콜비가 거리만 따져서 계산되기 때문에 시간 대비 돈이 되지 않는 것이다.

그래도 누군가는 해야 하기에 부득이 처음 들어와 아무것도 모르는 지입제들을 주로 서쪽에서부터 적응하도록 유도하여 교육시킨다. 그런 유도 교육을 받고 명동에서 콜을 치던 어떤 사람은 반년 만에야 대학로라는 꿀 지역이 있다는 것을 알았다는 재미있는 일화도 있다.

어쨌든 그렇게 나중에는 대부분 자연스럽게 신당역과 청구역이 있는 동쪽이나, 안국역과 혜화역이 있는 북쪽으로 옮겨간다. 그래서 콜이 많은 점심 저녁 피크 때는 라이더들이 자연스럽게 동북쪽에 있고, 서남쪽에는 거의 없다. 한쪽으로 쏠림 현상이 일어나는 것이다. 그러면 관제는 종종 단체톡에 공지를 한다.

"서쪽도 우리 관할 지역이니 이동해주세요!"

관제 입장에서는 저렇게라도 호소해야 하는 것이다. 하지만 어차피 오래가지 못한다. 『도덕경』에 다음 구절이 있다.

不可爲也(불가위야), 爲者敗之(위자패지), 執者失之(집자실지).

작위할 수 없나니, 작위하면 실패하고 잡으려면 잃어버린다.

- 『노자』 「29장」

'작위한다'는 것은 자연스러움에 반대되는 인위를 말한다. 그러니 인위적으로 잡아두려고 하면 결국 실패하고 잃게 된다는 말이다.

중국 고대 전설상의 국가인 하나라를 다스렸던 우임금이라는 사람이 있다. 이 임금의 업적은 황하의 홍수를 다스려, 전임자가 실패했던 치수 사업을 성공시킨 것이다. 전임자는 물을 인위적으로 잘 가두어 보려다 실패했고, 우임금은 물의 자연스러운 흐름에 따라 물길을 내어 치수 사업에 성공한 것이다. 노자 역시 그러한 자연의 성질에 따라야 한다고 말하고 있다.

돈 벌러 온 사람들이 돈 되는 곳에 몰리는 건, 어쩔 수 없는 자연스러운 현상이다. 그만한 보상 없이 인정에 호소해서 조절하려 해도, 잠시일 뿐이다.

고객케어는 하지 않는다

케어라는 말은 이곳에서 흔히 쓰인다. 진상고객, 강성고객들을 달래고 어루만져주는 것을 전문 용어로 '고객케어'라고 한다. 쿠폰으로 고객 마음을 달래면 '쿠폰케어'라고도 한다. 우스개이지만, 그래서 가끔 라이더들이 고객 불만이 생길 것 같으면, 미리 고객센터에 쿠폰케어를 부탁하는 경우도 있다. 고객센터 인력들은 그런 기술을 배우고 익힌 요원들이다. 그래서 고객과 업소를 상대하는 모든 일을 고객센터 인력들이 직접 한다. 서비스 훈련이 안 된 라이더들이 직접 문제를 해결하는 걸 그들은 원치 않는다.

그렇기에 라이더들은 고객과 업소 주인의 불만을 직접 상대할 필요가 없다. 고객과의 마찰로 문제 발생 시 고객센터로 연결해드릴 뿐이지, 우리가 직접 처리하지 않는다. 아주 사소한 문제가 아니고서는 늘 고객센터 번호를 알려드리고, 우리는 다음 배차를 진행할 뿐이다. 그래도 가끔 직접 처리해보려는 열정적인 라이더가 있기도 한데, 일의 수월함을 위해서 케어 전문가에게 맡기는 편이 좋다.

나 역시 내 선에서 가능할 것 같은 문제는 직접 처리해드리려 하기도 했었는데, 이제는 잘 하지 않는다. 만약 그러다가 보상 시비로 일이 번지게 되면, 내 잘못에 대한 변상을 하게 될 수도 있기 때문이다. 아무래도 업소 주인과 고객은 음식을 배달하는 우리와 직접적으로 이해관계가 얽혀 있는 사람들이라, 자칫하면 현장에서 마찰로 번지기가 쉽다.

『논어』에도 그런 사고를 예방하기 위해 경계하는 말이 있다.

子曰(자왈) 不在其位(부재기위), 不謀其政(불모기정).

공자께서 말씀하셨다.

"그 지위에 있지 않으면, 그 정사를 도모하지 않는다."

— 『논어』 「태백」

공자는 유가의 대표 인물로서 나라를 잘 다스리는 방법에 대한 말씀을 많이 하셨다. 당시는 자기 뜻을 펼 수 있는 자리가 나라에 고용되는 것이 전부였던 시대이기 때문이다. 하지만 지금은 기업, 문화, 예술 등등 너무나 다양해졌다. 그렇기에 이 말을 '정사'에만 국한해 해석하면 그 범위가 너무 좁아진다. 시대 흐름에 맞게 '업무'로 넓어져야 한다. 그렇기에 라이더들은 음식을 픽업하고 전달하는 단순한 일만 하면 된다. 자기가 할 일이 아닌데 스스로 나서서 감정 노동에 시달릴 필요가 없다.

감정 동요 없이 콜 잡기

전국에 10여 개의 배민 센터가 있는데, 센터 관할 구역마다 '핫플레이스'가 있다. '핫플레이스'란 돈 되는 꿀콜이 많은 곳을 말한다. 보통 지입제들은 자기 입장에 맞추어 편한 지역에서 일하지만, 그중에서도 가장 인기 있는 곳이다. 다른 센터는 그런 핫플레이스가 두세 군데 있는데, 아쉽게도 종로 · 중구에는 한군데밖에 없다. 바로 대학로다. 이 대학로가 우리 센터에서는 가장 핫한 곳이다.

이쪽 단타콜들이 뜨면 거의 0.5초 만에 사라진다. 높은 건물도 거의 없고 교통 흐름도 원활하고, 업소도 밀집돼 있고, 대학가라서 주거지도 많다. 소위 콜 좀 뺄 줄 아는 선수들은 이곳에서 단타를 친다. 단타를 쳐서 수입을 빠르게 올리는 방식이다.

나도 어느 날 문득 대학로에서 편하게 일하고 싶은 마음이 들었다. 똑같은 3,500원을 버는데, 도심지의 많은 차를 뚫고 빌딩 8층에서 음식을 픽업해 대

형빌딩 17층까지 배달하는 것보다는, 1층에서 픽업해 막힘없이 달려 3층 정도의 빌라에 음식을 전달하는 것이 좋다. 시간도 절약되고 돈이 된다. 대학로는 환경 특성상 주로 저런 꿀콜들이 대부분이다.

그럼 당장 대학로 안에서 단타콜을 잡을 수 있으면 좋겠지만, 처음부터 그렇게 되지는 않는다. 대학로 초보들이 볼 때 대학로콜은 뜨고 없어지는 그 사이가, 좀 과장되게 말하면 거의 0.1초 차로 보인다. '뭐가 지나갔나?'라는 느낌 정도다.

내 경험상 대학로에 익숙해지는 데는 순서가 있다. 처음에는 대학로라는 지역에 익숙해져야 한다. 대학로콜이라고 해서 다 인기 있는 건 아니다. 대학로 자체가 다른 지역에 비하면 꿀콜이지만, 대학로콜만 놓고 봤을 때 그 안에서 다시 한 번 똥콜과 꿀콜로 나뉜다. 대학로에서 종로나 동대문 쪽으로 나가는 콜은 똥콜이고, 대학로 안에 머물면서 선순환이 일어나는 콜은 꿀콜이다.

대학로에서 외부로 나가는 콜을 선수들은 잘 안 잡는다. 나갔다 다시 들어오려면 그만큼 또 시간이 낭비되기 때문이다. 그래서 대학로 똥콜은 수월하게 잡을 수 있다. 1단계로는 바로 이런 콜을 잡아 대학로를 들락날락해야 한다. 그렇게 대학로 도로와 업소에 친숙해져야 한다. 2단계로는 1단계를 유지

나는 고전 읽는 배달라이더다

하면서 대학로 내부 꿀콜을 잡아보려고 시도해야 한다. 물론 잘 안 된다. 그래도 하루하루 지나다 보면 0.5초 만에 사라지는 듯한 콜이 1초 정도는 시야에 머물게 된다. 눈에는 보이게 되었지만 그래도 아직은 잡기 힘든 상태다. 1단계와 2단계를 계속 유지하다 보면, 어느 날 재수 좋게 한 개는 잡게 된다. 우연히 한 개를 잡게 될 때까지는 개인차의 시간이 있다.

내가 가끔 한 개를 잡게 됐을 때, 다시 말해 한 시간에 평균 두세 개를 잡게 됐을 때 대학로에서만 지졌던 기억이 난다. 그 정도 수준에서 천천히 콜을 처리하곤 했다. 나의 제1목표는 편하게 일하는 것이지 많이 버는 게 아니어서, 저 정도만 처리해도 수입은 괜찮다고 생각했다. 배민에 입사했을 때도 한 달에 80만 원 정도만 벌면 된다고 생각했고, 어느 정도의 수입을 원하냐고 물어봤던 매니저에게도 그렇게 말했었다. 80만 원이라는 말에 곧 대화가 멈춰지긴 했지만.

모든 업무적인 일이 그렇겠지만, 콜 잡는 순간에도 중요한 건 감정의 동요가 없어야 한다는 것이다. 이번에는 잡아야지 하면서 몸과 눈에 힘을 잔뜩 줄 필요가 없다. 그만큼 불필요한 체력이 빠진다. 그냥 화면 위에 손가락을 대기시켜놓고 무심하게 바라보고 있으면 된다. 기필코 잡겠다는 생각도 하지 말고, 맘 편히 보고 있어야 하는 게 포인트다. 그러다 뜨면 눌러보고, 못 잡았으면 다음 기회에 또 해보면 된다.

잡을 뻔했는데 놓쳤다고 너무 안타까워할 필요도 없다. 그래봤자 어떤 사람은 잡고, 나는 못 잡았다는 현실이 바뀌지는 않는다. 놓침으로 인해 일어나는 헛웃음, 허탈함, 슬픔 같은 희로애락(喜怒哀樂)의 불필요한 감정은 오히려 다음 콜을 잡는 데 방해만 될 뿐이다.

늘 콜 경쟁을 하고 있지만, 가끔 그러고 있노라면 마치 고양이가 쥐구멍 앞에서 손을 들고 숨을 죽인 채, 오로지 쥐구멍에만 마음이 가 있다는 이야기가 생각난다.

『중용』에서는 이것을 희로애락이 아직 발하여 드러나지 않은 상태인 중(中)이라고 한다. 중의 상태에 마음을 두어, 쥐가 나옴과 동시에 내려칠 뿐이다. 잡았다고 좋아할 것도 못 잡았다고 아쉬워할 것도 없다. 업무를 하는 데 그런 감정은 불필요하다. 아래는 『중용』의 원문이다.

喜怒哀樂之未發(희노애락지미발) 謂之中(위지중).
中也者(중야자) 天下之大本也(천하지대본야).
기쁨, 노여움, 슬픔, 즐거움이 마음에서 일어나지 않은 상태를 '중(中)'이라 한다. 중이라는 것은 천하의 큰 근본이다.

-『중용』「1장」

기쁨, 노여움, 슬픔, 즐거움은 일상생활 중에 우리 마음에서 일어나는 희로애락이다. 그것들이 마음에서 일어나지 않은 평온한 상태가 바로 중(中)이다. 우리는 늘 여러 감정에 휘둘리며 살아가는 존재다. 하지만 우리는 가끔 느낀다. 멍 때리는 것, 먼 산을 바라보는 것, 담배를 피우며 머리를 비우는 것 등등, 이런 일련의 행동들이 내 마음에 일어난 감정의 동요를 잊으려는 행동일 것이다. 그렇게 우리는 종종 천하의 큰 근본인 중(中)으로 돌아가 쉬고 싶어 한다.

좁아진 마음을 다시 넓혀라

처음에는 단순히 대학로 콜을 많이 잡으면 수입이 많이 오를 줄 알았는데 그것만은 아니다. 시간 지연 없이 계속 움직일 수 있도록 디테일한 설정 또한 필요하다. 콜은 많이 잡았는데 디테일한 설정을 잘못하면 시간이 지연돼 고객 컴플레인이 자주 발생하게 된다. 그러면 몇천 원 벌자고 음식 금액을 내가 물어내는 상황이 생기기도 하므로 조심해야 한다.

또, 배차가 많아 급한 마음에 신호를 위반하다 보면 경찰에게 딱지를 끊기기도 한다. 이것도 결국 몇천 원 더 벌자고 몇만 원을 지출하는 꼴이니, 요령 있게 합법적으로 잘 다녀야 한다. 돈도 돈이지만, 딱지 끊는 일이 생기면 갑자기 마음이 허탈해져 그날은 일하기 힘들어지기 때문이다. 요즘 말로 멘탈붕괴가 오는 것이다. 조심해야 할 일이다. 이렇게 말하지만 물론 나도 완벽하지는 않다.

디테일로는 음식을 싣는 순서, 고객 집에 내려주는 순서를 계획해야 한다.

가급적이면 시계 방향으로 한다. 왜냐하면 좌회전은 신호를 받아야 하지만 우회전은 신호를 안 받고 할 수 있기 때문이다. 이처럼 동선에 맞게 배달통에 싣고 내리기를 어떤 순서로 할지 생각해야 한다.

그다음은 업소마다 특징도 다 살펴야 한다. 업소마다 조리 요청을 해주어야 하는데, 조리 시간이 업소마다 다르다. 주문금액이 많으면 조리 시간이 더 걸릴 수도 있다. 거기에 맞춰서 조리 요청을 해줘야 한다. 잘못하면 음식을 실으러 업소에 갔는데 10분 넘게 기다리는 사태가 발생할 수도 있기 때문이다. 10분 가지고 뭐 그러냐고 할 수도 있는데, 그게 쌓이면 문제가 심각해진다. 내가 들고 있는 배차 전체가 다 지연되기 때문이다.

그런데 이 일을 하다 보면 점점 시간을 더 잘게 쪼개, 더 디테일한 계획을 세워보려는 욕심이 생긴다. 업소 사정도 알고, 길도 다 알고, 신호 흐름도 대강 감이 오기 때문이다. 음식을 픽업하는 데 10분이면 될 것 같다가 5분이면 충분하다는 생각이 들고, 적당한 편법을 가미하면 3분이 되고, 심각한 위법을 가미해서 1분 만에 주파하려는 계획을 세우기도 한다. 이런저런 편법과 위법을 섞으며 나의 이득을 위한 작은 지혜를 발휘해 '천착(穿鑿)'하기 시작하는 것이다. 아래는 『맹자』의 원문이다.

所惡於智者(소오어지자) 爲其鑿也(위기착야). 如智者(여지자) 若禹之行水也(약우지행수야), 則無惡於智矣(즉무오어지의). 禹之行水也(우지행수야) 行其所無事也(행기소무사야). 如智者(여지자) 亦行其所無事(역행기소무사), 則智亦大矣(즉지역대의).

지혜로운 자를 싫어하는 것은 그가 천착(穿鑿)함에 빠지기 때문이다. 만약 지혜로운 자가 우임금이 물길을 내듯이 한다면, 지혜를 싫어할 까닭이 없다. 우임금이 물길을 흘러가게 한 것은 억지로 일삼지 않는 방법으로 실행한 것이다. 만약 지혜로운 자가 우임금과 같이 억지로 일삼지 않는 방법을 실행한다면, 그 지혜 역시 위대한 것이 된다.

– 『맹자』 「이루下」

맹자는 공자 다음으로 유가의 대표 학자다. 사람들이 지혜로운 자를 싫어한다는 것은 그 지혜를 자신의 이익을 위해 쓰기 때문이다. 그것을 일러 천착(穿鑿)이라고 한다. 맹자는 '자신의 이익만을 위해 억지로 무리한 계획을 짜는 데 쓰지 말고, 다가온 상황에 순응하여 자연스럽고 안전하게 일을 처리하는 큰 지혜를 쓰라'고 말하고 있다. 그렇게 위대한 지혜를 가진 사람으로 거듭나기를 바라는 따뜻한 마음을 표현한 것이다.

하지만 우리는 아직 성현의 반열에 오른 사람이 아니고, 일반 사람이다. 그렇기에 천착하는 경우가 생기지 않을 수가 없다. 포인트는 그런 상황을 만났을 때, 자신을 다스릴 수 있느냐 없느냐가 될 것이다. 우린 그런 연습이 필요한 일반 사람이니까.

시간을 더욱 효율적으로 쓰려는 마음에 천착하다 보면, 필연적으로 음식이 늦게 나오는 변수와 마주치게 된다. 바로 그 순간! 급박하게 뛰는 심장을 스스로 잘 다스려야 한다. 아마 콜 계획을 분 단위로 세웠다면 그 심장의 급박함이 더욱 가속화될 것이고, 반대로 어느 정도 틈틈이 시간 여유를 둔 경우라면 느긋할 것이다. 결국, 개인이 스스로 만들어내는 상황이기도 하다.

하지만 피크 시간 같은 경우는 관제 매니저가 안 빠지는 콜을 부탁하는 경우도 있고 또는 초보라이더가 타이트하게 책정된 배달 시간에 쫓기는 경우도 있기에, 무조건 개인의 잘못이라고 할 수는 없다. 마음 약한 라이더들은 매니저가 주면 다 받아주고, 사명감이 강한 라이더들은 주어진 시간을 애써 지키려 하기 때문이다.

어쨌든 개인적인 입장에서 콜 욕심에 천착해 다급한 상황을 만들면 안 되지만, 사람인지라 쉽지 않은 것 또한 사실이다. 다급해진 경우를 만난다면 콩닥콩닥 뛰는 심장이 마치 남의 일인 것처럼 모든 불안한 마음을 내려놓고 '어떻게든 되겠지.'라는 시니컬하고 냉소적인 마음으로 전환해야 한다. 그렇게 쪼그라든 마음을 다시 넓혀야 한다. 음식 한두 개 따위에 마음이 휘둘려서는 안 된다.

자기가 만든 상황이라는 책임감에 짓눌려서, 시야가 좁아진 상태로 질주하기 시작하면 사고가 나기 쉽다. 음식 한두 개를 제때 배달해야 한다는 책임감에 비해, 오토바이 사고는 본인 위험이 너무 크다. 다른 일처럼 단순히 과로로 끝나는 일이 아니다. 급하다고 자기 몸의 안위까지 잊어버리면 안 될 것이다.

쉼 없이 흐르기

요즘은 짧은 배달 거리의 단타만 치지 않는다. 꿀콜인 단타만 치려고 하면 오토바이 주행 중에도 계속 콜에 신경을 쓰고 있어야 해서다. 이런 생활을 몇 주 해보니, 눈만 따갑고 좁은 공간에 갇힌 느낌이 들어 가슴만 답답해짐이 느껴졌다. 오히려 대학로에서 밖으로 나가는 똥콜을 뺄 때보다도 마음이 더 불편해지는 것이다.

이것도 대학로에 적응하는 사람들이 겪는 단계 중 하나다. 단타가 없다는 건 라이더들이 출근을 많이 했거나 단타 주문량이 감소했다는 신호다. 그러면 자연스런 콜의 흐름에 맞춰 더 넓게 콜을 타야 하는데, 그러지 못하고 갇혀 있는 것이다. 막혀 흐르지 못하는 상태가 되어버린 것이다.

콜 없이 멀뚱히 5분 동안 폰만 보면서 단타에 집착하고 있으면, 콜이 떠도 오히려 잘 못 잡는다. 머리가 멍해져, 집중력이 상당히 떨어진 상태이기 때문이다.

또, 단타를 잡기 위해 주행 중에 폰에만 신경 쓰고 있으면 사고 날 확률이 상당히 높아진다. 주행 중에는 오토바이 진동 때문에 폰이 흔들려서 잡으려고 해봐야, 어차피 잡을 확률도 낮다. 공양미 300 석도 아니고, 고작 시간당 몇천 원 더 벌자고 몸을 다치면 아프기도 아프지만, 무엇보다도 쪽팔리고 자존심이 상해 얼굴 들기가 민망할 거 같았다. 그래서 요즘은 주행 중에 스스로 단속한다. 나도 모르게 눈길이 폰에 가면, 다시 도로로 돌리곤 한다.

주행 중에는 콜을 잡지 않기로 마음먹다 보니, 단타콜을 많이 잡을 수가 없다. 잡은 콜이 일정한 수로 유지가 돼야 계속해서 흐를 수가 있는데, 이젠 그게 잘 안 된다. 이러면 오히려 시간이 낭비된다. 그래서 이제는 주행 반경을 더 넓힌다. 원을 좀 더 크게 그려 더 넓게 흘러 다니는 것이다. 그렇기에 대학로에서 외부로 나가는 똥콜 중에서 갈 만한 근거리 똥콜들도 잡아서 배차 수를 꾸준히 유지해야 한다. 그래야 막힘없이 계속 흐를 수 있다. 『논어』에 이런 자연스러운 흐름을 빗댄 표현이 있다.

子在川上曰(자재천상왈) 逝者如斯夫(서자여사부). 不舍晝夜(불사주야).

공자께서 강가에서 말씀하셨다.

"흘러가는 것이 이와 같구나. 밤낮으로 쉬지 않는구나."

- 『논어』 「자한」

이 말은 자연의 막힘없는 흐름을 말하는 것이다. 해가 지면 달이 뜨고, 더위가 지나면 추위가 오는 그런 자연스러움이다. 핵심은 계속되는 순환에 있는 것이고, 생활에서는 계속해서 이어지는 활동이 될 것이다. 배우는 일도 그렇지만, 일하는 데 있어서도 마찬가지다. 일하는 중에 막혀 걸리는 부분을 잘 다스려, 계속되는 흐름을 만들어내는 일이기도 하다. 대학로에서'만' 지지다가 이제는 대학로를 '중심'으로 다시 자연스러운 흐름을 만들어내야 한다.

이렇게 해보니 단타에만 집착하지 않아, 마음이 넓어진 듯해 편해져서 좋았다. 나는 이렇게 대학로만 하거나 대학로 중심으로 일하지만, 다른 곳에 자기 보금자리를 만드는 라이더도 있다. 한 지역에서 번거롭게 3,000원대 단타를 치는 것보다는 5,000원대 장타를 치면서 종로·중구 전체로 흘러 다니는 걸 편하게 여기는 라이더도 있다.

아마도 관제에서 가장 고마워하는 사람들은 이렇게 장타를 쳐주는 라이더와 종로·중구 전체에서 가장 인기가 없는 서울역과 명동역 콜을 쳐주는 라이더일 것이다. 이분들은 명예의 전당에 올라야 할 분들이다. 이렇게 종로·중구 똥콜을 처리해주는 사람들이 있기에 종로·중구 콜 전체의 흐름이 자연스럽게 계속해서 유지가 될 수 있는 것이다.

이 콜의 세계 또한 자본주의의 축소판이다. 힘들게 일하고 덜 가져가는 사람이 있기에, 편하게 일하고 많이 가져가는 사람이 있는 것이다. 그렇기에 많이 챙기는 사람들은 안 챙기는 사람들 앞에서 당연히 겸손한 마음을 가지고 살아가야 한다.

그래도 솔직히 나는 대학로 단타가 좋다. 똥콜은 별로 좋아하지 않는다. 하지만 늘 그들이 있기에 지금 나의 꿀콜들이 있다는 것을 잊고 살면 안 될 것 같다. 모두가 맡은 역할이 있기에, 이 사회 전체가 흘러갈 수 있는 것처럼.

가닿는 마음

우리는 업무 시 '배민 라이더스'라는 앱을 이용한다. 앱에서 운행 시작을 누르면 현재 주문 콜들이 나타난다. 그중에서도 자기 위치에서 가까운 콜이 뜨면 '추천'이라는 소리를 통해 그 사람에게 우선 15초간 보여주는 시스템이 적용되어 있다.

그래서 라이더들은 추천이라는 소리에 민감하고, 늘 마음이 거기에 가 있다. 새로 들어온 추천 콜 중에 꿀콜을 잡아야 하기 때문이다. 늦게 일어나 머리를 감으면서도, 배달 온 신문을 챙기러 가면서도 내 마음도 추천 소리에 가 있다. 심지어 어떤 이는 점심 약속 시각에 맞춰 오다가도, 추천을 통해 들어온 꿀콜을 잡고서 말한다.

"꿀콜이 떴네. 밥은 다음에 먹자."
"……"

그렇게 나머지 한 명은 졸지에 혼밥을 하는 신세가 되기도 한다. 또는 밥을 먹다가도 단거리 꿀콜이 뜨면 5분 만에 해치우고 오겠다며 밥을 먹는 중에 나갔다 오는 경우도 있다. 마음이 늘 그곳을 떠나지 않는 것이다. 일하는 중에 추천 소리에 마음이 머물듯, 우리가 살아가는 데 있어 마음이 머물러야 할 곳은 어디일까? 공자는 다음과 같이 말한다.

君子(군자) 無終食之間違仁(무종식지간위인), 造次必於是(조차필어시), 顚沛必於是(전패필어시).

군자는 밥을 먹는 동안에도 인(仁)을 떠남이 없으니, 다급한 때에도 반드시 인(仁)에 머물고, 위태로운 때에도 반드시 인(仁)에 머문다.

- 『논어』 「이인」

인(仁)은 『논어』의 가장 핵심이 되는 개념이다. 원문으로 그 의미망을 이해해보려 하는 것이 가장 좋지만, 부득이 가장 가까운 번역어를 고른다면 '남에게 가닿는 마음'이자, '공감하는 마음'이자, '사랑하는 마음'으로 번역될 수 있다. 그런데 그런 마음들을 내려면 내 마음이 비어 있어야 하는 것이 포인트다. 내 마음이 내 생각으로만 꽉 차 있다면 남의 마음을 함께 해보려는 공간 자체가 없기 때문이다. 하지만 우리는 단박에 그렇게 될 수 없기에, 한 가지 일에서 마음이 떠나지 않는 경험을 통해 인(仁)의 자리를 이해해보려 할 필요가 있다.

어느 순간이라도 늘 인(仁)에서 떠남이 없어야 한다고 공자님은 말씀하시지만, 라이더들은 그렇게 늘 추천 소리에서 떠남이 없다. 처음 이 일을 시작하는 사람들은 왜 밥을 먹고 있는 동안에도 콜에 신경을 쓰는지 이해를 못한다. 큰형님도 왜 밥 먹는 동안까지 콜을 잡는지 처음에는 이해를 못 하셨다. 본인은 그렇게까지는 하고 싶지 않다고 하셨다. 하지만 결국 다 그렇게 비슷해진다. 그래도 밥 먹는 중에 나갔다 오는 건 좀 자제할 일이 아닌가 싶다.

계단을 내려가는 중에도, 신호대기 중에도, 심지어는 주행 중에도 추천 소리가 들리면 우리는 어김없이 폰을 바라본다. 마음 한 자락이 추천 소리와 연결되어 있기 때문이다. 마음 한 자락이 늘 거기에 머물러 있어, 자동반사적으로 눈이 움직이는 것이다. 처음 이 일을 시작했던 어떤 동생은 시간이 금방 간다는 말을 했는데, 그건 아마도 마음이 추천 소리에 연결돼 있어, 일적인 행위 외에 다른 마음들이 끼어들 틈이 없어서일 것이다.

맹자는 남을 불쌍히 여기는 마음, 즉 '측은지심(惻隱之心)'을 바로 인(仁)에서 나오는 하나의 단서로 볼 수 있다고 말했다. 다시 말해, 남에게 가닿는 내 마음인 것이다. 적어도 거짓이 아닌 '진심'이어야 하는 건 말할 필요도 없다.

우리가 밥을 먹거나 또는 위급하고 위험한 상황에 처해서도 추천 소리에서 마음이 떠나지 않는 것처럼, 우리가 일상생활 중에 어떤 사건 · 사고에 맞닥뜨리더라도 떠나서는 안 되는 그 마음자리, 즉 우리 안에서 측은지심이 뿜어져 나오는 그 자리가 모두가 가지고 태어난 인(仁)이다.

공자는 말한다. 24시간 인(仁)에서 떠나지 말라고.

나의 영원한 친구, 스쿠터

고3 때 운전면허증을 딴 후, 오토바이로 부모님 가게에서 치킨 배달을 시작했다. 그러다 집 앞 피자헛과 집 근처 맥도날드로 배달일을 이어갔지만, 내 개인 소유의 오토바이는 없었다.

그러다 2010년 8월쯤 처음 집을 나와 독립하기로 결심했을 때, 오토바이가 필요했다. 돈이 없어 교통편이 안 좋은 곳에 살아야 했기 때문이다. 오토바이 매니아인 동네 동생을 데리고 가서, 에이포라는 50cc짜리 스쿠터를 중고로 60만 원에 사왔다. 엔진만 짱짱하면 오래 탈 수 있다고 했는데, 그 말대로 정말 8년여를 탔다.

배민에 입사했던 2018년 여름까지 출퇴근과 동네마실용으로 타고 다니던 어느 날, 열쇠 구멍이 헛돌게 되었다. 돈을 들여 열쇠 통을 교체할까 싶었지만, 연식이 오래돼서 엔진도 힘이 많이 떨어졌고 타이어도 많이 노후했다.

게다가 오래된 머플러에 녹이 슬어 그 사이로 시끄러운 소리가 새어 나와 꽤 민폐이기도 해서, 결국 폐차를 하려고 했다. 그래서 배민 오토바이 정비사에게 폐지 절차를 물었는데, 마침 자기가 고쳐서 쓰겠다고 해서 흔쾌히 그에게 주었다. 어느 동료는 돈 몇십만 원을 좀 받지 그랬냐고 했지만, 글쎄 잘 모르겠다. 내 입장에서는 이제 고물에 불과할 뿐이니까. 그런데 고물 신세를 면하게 해줄 능력자가 나타났으니, 정들었던 내 스쿠터에게 참 다행이라는 생각이었다.

돈이 오가는 거래를 떠나, 누군가에 의해 그 물건의 쓰임이 계속 이어질 수 있다는 것만으로도 충분히 기뻤다. 사람도 마찬가지로 어딘가에 계속 쓰인다는 건 행복한 일일 것이다. 본가에서 독립하기 직전에 구매해서 함께 첫 이삿짐을 날랐던 스쿠터는 그렇게 새로운 주인을 맞아 떠나갔다. 그러고 나서 내 발은 쭉쭉 잘나가는 100cc 배민 스쿠터로 교체되었다. 출력도 높고, 민트색이라 예쁘기까지 하다.

미안한 말이지만, 내가 왜 그동안 50cc 스쿠터를 타고 다녔나 싶을 정도로 출력이 좋아 쾌적한 기분이 들었다. 일할 때 쓰라고 지급받은 스쿠터였는데, 정비도 무료라서 때가 되면 타이어도 잘 갈아주고 오일도 잘 교체해준다. 비록 휘발유는 내 돈으로 넣어야 하지만, 그래도 이 정도면 관용차를 타고 다니는 게 아닌가 하는 생각에 매우 즐거웠다.

처음 지급받았던 배민 스쿠터를 1년 넘게 탔는데 문제가 생겨, 최근에 새로 들여온 스쿠터로 교체 지급받았다. 새 오토바이 특유의 부드러움과 안정된 주행감에 문득 배민에 1년 더 뼈를 묻어야겠다는 생각이 들었다. 그래봤자 100cc 오토바이가 얼마나 부드럽겠냐마는 나는 더 좋은 걸 타보지 못했기 때문에, 지금 타고 있는 게 좋을 뿐이다. 현재로서는 더 좋은 게 필요하지도 않다. 남이 관리해주는 무료 오토바이를 탄다는 건 꽤 달콤한 일이기 때문이다.

2015년 겨울, 1년 과정의 인문학 공부를 마치고, 라오스와 태국에 여행 갔을 때도 나의 발은 스쿠터였다. 숙소를 구하기 전에, 오토바이 센터에 짐을 맡겨두고 동네 한 바퀴를 돌며 적당한 숙소를 찾으러 다녔다. 동네 이곳저곳의 관광지로 이동할 때도 스쿠터는 항상 내 옆에 붙어 있었다.

고3 때부터 일찌감치 널찍한 도로의 바람을 맛본 나는, 비행기를 타고 해외로 이민을 간다고 해도 여전히 함께할 물건은 마실용 스쿠터가 아닐까 싶다. 나를 바람과 만나게 해주기 때문이다. 바람은 나에게 어떤 결핍을 채워주는 필수 요소인 듯하다. 『논어』에도 비슷한 구절이 있다.

子曰(자왈) 道不行(도불행), 乘桴浮于海(승부부우해).

從我者其由與(종아자기유여).

공자께서 말씀하셨다.

"도가 행해지지 않으니, 뗏목을 타고 바다를 떠다니련다. 아마도 나를 따를 사람은 자로겠지?"

– 『논어』「공야장」

자로는 공자의 제자이다. 이 말을 듣고 자로가 자신을 인정해주셨다고 생각하며 기뻐하자, 공자는 곧바로 자로를 디스하며 "치고 나아가는 용맹함은 좋은데, 생각으로 먼저 시뮬레이션 해보고 행동하는 신중함은 부족하구나." 라고 답해주었다.

과거 학자들은 이것을 성인 공자의 가르침이라고 해석하지만, 나는 과감하게 뒤집고 싶다. 공자가 순간 자신의 마음이 들킨 것을 다른 말로 덮으려고 한 것이 아닌가 싶다. 생각이 많으신 공자님은 자로의 치고 나가는 저돌적인 기질이 부족하신 결점이 있으셨던 듯하다. 육체를 가지고 태어난 이상 사람은 누구나 완벽할 수 없는 것처럼, 공자님 역시 자로를 통해 채울 수 있었던 무언가가 있으셨던 게 아닐까? 내가 스쿠터를 놓지 못하는 것처럼.

민첩한 생활

PC방의 컴퓨터는 어느 집의 컴퓨터보다도 빠르고 쾌적하다. 마찬가지로 도심에서 가장 빠른 이동 수단은 크지 않은 스쿠터다. 이동 중에 뒤처지더라도 신호대기 중에는 항상 맨 앞에서 출발하기 때문이다. 그렇게 신호를 연속으로 받으며 쭉쭉 나아간다. 도심에서 정체되거나 막히는 일은 잘 없다. 우리는 어떻게 해서라도 틈을 비집고 요리조리 몸을 비틀면서 맨 앞으로 가려 한다. 몸을 너무 비틀다가 가끔 중앙선을 넘어서 앞으로 가려고 하시는 위험한 분도 계시긴 하지만 말이다.

내 스쿠터는 자전거와 자동차의 중간에 끼어 애매한 위치를 차지하고 있지만, 그만큼 또 애매하게 끌고 가거나 낮은 속도로 인도와 횡단보도를 이용하는 이점도 있다. 법률로는 인정되지 않고 있지만, 사실상 사람들도 그 애매한 이륜차의 위치를 어느 정도는 다들 이해하는 듯하다. 또, 공사판이든 차단된 길이든 스쿠터 하나 지나갈 자리는 언제나 존재한다. 교통경찰은 딱딱하게 굴지만, 모범운전 아저씨들이 통제하는 도로에서는 융통성 있게 스쿠터의 편의를 봐주며 건너가라고 손짓을 해주신다.

주차 역시 오토바이는 한쪽에 대강 세워두기 때문에 주차에 걸리는 시간은 길어야 30초 이내로 끝난다. 가끔 친구 차를 타고서 주차장 입구를 찾아 빙빙 돌 때가 있는데, 스쿠터를 타는 나에게 있어 그 답답함은 말로 표현할 수가 없다. 내 아까운 시간을 길바닥에 그냥 내던지고 있는 느낌이었다.

등 뒤에 붙어 있는 배달통은 줄여서 '달통'이라고 하는데, 발음하다 보면 '딸통'이 되어 어감이 좋지 않아 '빵통'이라고 부르는 편이다. 이 커다란 빵통에 무엇을 담을지는 라이더 스타일마다 다르다. 나는 주로 무거운 책가방을 넣고 다니고, 도서관에 반납할 책과 알라딘에 팔 책, 중간중간 먹을 간식과 생수를 넣고 다닌다. 본가에 가서는 어머니가 사놓으신 옷과 반찬을 챙겨 오기도 하고, 장을 볼 때는 장바구니 역할을 한다. 남들이 들고 다니는 가방보다 꽤 큰 가방을 들고 다니는 격이지만, 아무리 무거워도 내 어깨가 아프지는 않다.

그렇게 필요한 물품을 커다란 빵통에 싣고 서울 도심지의 온갖 곳을 누빈다. 충무로역에 있는 인문학당 상우의 강의와 세미나에 참여하러 가고, 연신내역에 있는 고전교육원 수업에 참여하러 가고, 안국역에 있는 절에 가서 종교 생활을 하고, 도봉구에 사는 가족을 만나러 가는 등등의 일들을 스쿠터가 중간에서 민첩하게 연결해서 손쉽게 할 수 있도록 도와준다. 반경 10km 안에서의 여러 일과 업무를 단시간에 가능하게 해준다. 나의 이런저런 소소하고 다양한 스케줄의 전환이 스쿠터로 스피드하게 이루어지는 것이다. 『논어』에 이런 말이 있다.

敏則有功(민즉유공).

민첩하면 공을 세울 수 있다.

– 『논어』 「양화」

어떤 일에 대한 공을 세우려면 민첩한 행동이 필요하다. 그런데 '공(功)'이라고 말하면 너무 스케일이 커지는 의미가 되기 때문에, 나처럼 별다른 업적을 남길 만한 사람이 아닌 경우에는 이 말이 좀 곤란하다. 나를 기준으로 다시 적용한다면 여러 업무 처리 정도가 적당할 듯싶다.

내가 이런저런 여러 일을 일정에 늘어놓을 수 있는 이유는 내 스쿠터가 있기 때문이다. 반면에 스쿠터를 너무 오래 타다 보니 부작용도 생겼다. 일이 막히거나 정체되는 일이 있으면 보통 사람보다 더 많이 답답해하는 경향이 생긴 것이다. 조금 기다리는 것도 싫어하는 직업병이 생긴 듯하다. 성격이 많이 급해진 것이다. 좋게 말하면 생활의 속도감이 다르다고 할 수도 있다.

그렇게 나와 하루를 함께 할 예정이기 때문에, 아침마다 내가 주로 하는 일은 세차다. 아침에 걸레를 들고 나와 핸들과 백미러, 그리고 빵통을 닦는다. 번호판을 닦으려 할 때, 왠지 경찰이 생각나면서 멈칫거리기를 반복하지만 말이다.

어쨌든 이런 민첩한 속도의 맛을 보면, 내려놓기가 쉽지 않다. 일하는 중에 끼니를 때우러 자주 들리는 '이공김밥'의 아주머니도 4개월 전에 스쿠터를 장만하셨는데, 그 속시원함에 매우 만족해하며 즐거워하고 계신다.

"대중교통을 이용하면 40분이 걸리는데, 이제는 10분이면 도착해. ㅎㅎ"

2부

라이더,

고전을

만나다

1장

고전 공부로
먹고살 수 있나요?

신점의 추억

2017년 4월, 신점을 보러 갔다. 신점은 신내림을 받은 사람이 봐주는 점이다. 지금까지의 나를 돌아보면 친구 따라 사주는 두어 번 보기는 했지만, 점 보는 걸 썩 좋아하지 않았다. 딱히 궁금한 게 없어서다. 그래서 혹여나 내가 질문을 해야 하는 상황이 오면 나는 말문이 막혀버린다.

이번 신점도 문래동에서 사주 전문가로 활동하고 있는 형을 따라 보게 되었다. 그 형의 친구가 이쪽 신점 업계에 대해 나름 잘 아는 사람이었다. 지금은 중계동에 그 집이 아주 용하다는 정보를 그 친구에게 듣고서 나에게도 말해주었다. 내가 다니는 절에서는 귀신들 장난치는 거라고 하지만, 그래도 볼 사람은 다 본다.

점 보기로 한 날, 난 또 말문이 막힐까 봐 미리 준비해둔 질문지를 들고 중계동에 갔다. 근처 어느 아파트 안에 자리 잡고 있었다. 그냥 애완견 하나 기르는 일반 가정집이었고, 방 하나를 〈무릎팍 도사〉 프로그램처럼 꾸며놓은 형태였다. 신 중에도 애기신, 할머니신, 조상신 등등 여러 신이 있는데, 그곳은 애기신이었다. 그래서 형 조언대로 츄파춥스 사탕을 선물로 들고 갔다. 일단 동녀님 앞에 앉아 생년월일을 적어내고, 앞에 있던 종이와 펜을 챙겨 받아 적을 준비를 하고 있었다. 시작에 앞서 방울을 엄청나게 흔들어대셨다. 찰랑거리는 방울 소리를 듣고 있으니, 그 리듬에 나까지 절로 흥이 났다.

첫 질문은 "지금 상태가 싫은 건 아니지만, 나는 왜 남들처럼 직장 안 다니고 알바만 하면서 이렇게 사나요?"였다. 남들처럼 살지 못하는 내가 궁금했다. 동녀는 옆에 애기신과 소곤소곤 대화하더니 나에게 대답해주었다.

"오빠는 기회가 없는 건 아닌데, 기회가 와도 늘 안 잡아요."
'내가 그랬었나?'

듣고 보니 그런 것 같기도 하다. 어떤 제안에도 늘 시큰둥했다. 삼촌이 직장을 소개해줘도 2개월 하고 그만두고, 피자헛 사장님이 매니저 하라고 해도 몇 달 하다가 답답해져 다시 배달 알바로 돌아가곤 했다. 군 제대 후 피자헛 알바를 시작해 지금까지 쉼 없이 일해 돈을 벌었지만, 적당한 직장에 다니는 일은 없었다.

동녀는 올해 11월과 내년 4월에 기회가 온다고 했다. 11월의 방향은 출판쪽이나 책 관련 일이라고 했고, 4월의 방향은 기계, 컴퓨터, 손, 머리 합쳐서 하는 일이 될 수 있다고 했다. 범위가 너무 넓었다. 뭐라고 콕 짚어주는 건 아니었다. 자기도 뭔가 떠오르는 이미지를 보고 이런 거 같다고 최대한 자세히 말하려고 노력하는 듯 보였다. 동녀가 그렇게 말하더니, 내가 이번에도 안 잡을 것 같아 보였는지, 이번에는 잡아주실 거냐고 물었다. 그래서 얼떨결에 잡는다고 '약속'을 해버렸다.

"'다른 기회가 또 있겠지~'라고 생각하지 마시고~ '한번 도전은 해볼게요~'라는 마음을 내주세요~"라고 나에게 거듭 말해주었다. 그리고 또 준비해간 질문들을 이어갔다. '취미로 한문 공부하고 있는데 계속할까요, 말까요?', '인문학연구실 계속 다닐까요, 말까요?', '장애인 활동 보조 알바 이거 얼마나 더 할까요?', '집터 어때요?', '연애로 누구 어때요?', '결혼 언제 해요?', '자녀 몇 명이에요?', '건강 어때요?' 등을 물어보고, 누나네 집 이사 방향과 가족 간에 우환 등을 물어봤었다.

그렇게 1시간 가까이 점을 봤다. 하지만 역시나 1시간을 꽉 채우지는 못했다. 준비한 걸 그냥 의무적으로 한 번씩 다 물어보고 나니 역시나 더는 할 말이 없었다. 그래서 마지막으로 해주실 말씀 없냐고 했더니, 그 기회가 오면 잡아달라는 말을 또 재차 강조하셨다. 괜찮은 기회는 이번이 마지막일 수도 있다고 하셨다.

지금 비교해보면 전체적으로 상당히 잘 맞추었다. 11월에 한문으로 밥벌이 하겠다는 마음을 냈고, 4월쯤에는 스마트폰으로 콜 잡는 배달대행을 시작했다. 또, 신장이 좋은 피 나쁜 피를 걸러내지 못하고 있다는 말도 내 주치의 한의사 선생님이 증명해주셨다. 덕분에 2년 동안 한약으로 몸을 다스려 많이 회복된 상태다.

또 다른 날 신점을 봤던 형의 지인은 피규어를 만드는 사람이었는데, 해외에 나갈 일이 있다는 동녀 말대로 그해 여름에 해외로 나가서 상을 받고, 이제 글로벌하게 놀고 계시다.

한문으로 먹고살 수 있나요?

드디어 11월이 되었다. 신점을 본 4월부터 6개월을 기다렸다. 그래서 11월 은 내내 싱숭생숭한 마음이었다. '산속에 들어가 숨어 있어도 그 기회가 나를 찾아오나?'라는 생뚱맞은 호기심도 들었다. 그렇게 들뜬 마음으로 동녀가 말 한 기회를 기다리며 지냈다. 그런데 별다른 일 없이 11월이 거의 지나갔다. 내 미래는 못 맞추는 건가 싶었다. 시간이 더 지나 12월 초가 되자 이제는 괜히 초조해지기 시작했다. 12월의 첫 절기인 '대설'이 지나가면 11월은 정말 끝나 기 때문이다.

초조함으로 지내던 어느 날 문득 '기회가 찾아오는 게 아니고 내가 찾아가 는 건가?'라는 생각이 들었다. 그렇다. 나는 찾아오는 건 줄 알았지, 내가 찾아 간다는 생각을 하지 못했다. 그래서 나에게 '무엇을 하고 싶은가?'라는 질문 을 던져보았다. 딱히 떠오르는 게 없었다. 예나 지금이나 나는 하고 싶은 게 없는 거 같았다. 늘 주변 사람이 되고자 하고, 하고자 하는 걸 나의 목표 삼기 를 곧잘 했던 인생이었다.

그래도 애써 찾아보니, 2년 넘게 꾸준히 쉼 없이 해왔던 한문뿐이었다. 한문 말고는 딱히 없었다. 하지만 나는 나의 판단을 마지막까지 의심하고 또 의심했다.

'그러면 정말 난 한문을 하고 싶은 건가? 아닌가? 맞나? 아닌가?'

질문이 계속해서 나아가지 못하고 제자리를 돌기만 할 뿐이었다. 그래도 반년이나 기다렸는데, 그 시간을 이렇게 허무하게 보낼 수는 없었다.

아무리 생각해봐도 한문 말고는 딱히 없었다. 그래서 우응순 선생님께 한문으로 먹고살 수 있는지를 여쭈었다. 이 말 한마디 하기도 힘들어서, 계속 한문 선생님 주위를 맴돌며 말할까 말까를 망설였었다. 그러다 겨우겨우 그 말 한마디를 했다.

"음…, 한문으로 먹고살 수 있나요…?"

저 말이 그때의 나에게는 정말 쉽지 않은 대단한 질문이었다. 그리하여 늘 인문학 공동체에서 밥 당번하며 구경만 했던 '삼경스쿨'에 들어갔다. 이 삼경스쿨은 한문으로 밥벌이하겠다는 멤버들로 구성된 선생님 직속 제자들이 모인 세미나였다.

그곳에 들어간 후, 선생님 권유로 다음 달 1월 말에 시행되는 고전번역교육원 입학시험을 준비하게 되었다. 시험 과목은 『논어』와 『맹자』였다. 다행히도 2016년에 매주 『맹자』 강의를 들으며 스터디를 했었고, 2017년에도 매주 『논어』 강의를 들으며 스터디를 했던 차였다. 시험까지 한 달여 정도밖에 안 남긴 했지만, 어쨌든 한 번씩 복습 스터디까지 했으니, 다시 빠르게 준비해서 볼 만하지 않을까 싶었다.

어쨌든 합격

1월 말이 시험날이라, 남은 1개월 동안 빠르게 『논어』와 『맹자』를 봤다. 시험 당일 1교시는 『논어』, 2교시는 『맹자』, 3교시는 면접이었는데, 면접은 그냥 통과의례 같은 형식적인 느낌이었다. 시험문제는 단순하다. '구두점을 찍고 번역하시오'였다. 10문제 정도씩 출제됐는데, 다 적고 한 문제의 일부를 조금 못 썼다. '그래도 뭐 이 정도면 상위권 아닌가?'라는 생각을 하면서 합격자 발표날을 기다렸다.

2월 초에 합격자가 공고되었다. 합격자 중에 절반은 장학금을 받는 구조였다. 하지만 장학금 명단에 내 수험번호가 없었다. 당연히 상위권 합격을 예상했는데, 장학금 대상자가 아니었다. 그러면 절반에도 못 꼈다는 의미다. 그때 내가 다니는 절에서 폰으로 확인을 했었는데, 합격자 발표를 보고서 5분 정도 상당한 충격에 휩싸인 채 서 있었다. '어떻게 이럴 수가 있지? 합격한 사람들이 보통 사람들이 아니구나.' 뭔가 발을 잘못들인 거 같았다. 그렇게 찜찜하게 하루가 마무리되었다.

나는 고전 읽는 배달라이더다

후에 교육원을 다니며 첫 중간고사를 보고 나서야 알 것 같았다. 입학시험 당시에 문제 지시사항을 잘 이해하지 못해 감점이 많았던 것 같다. 문제 지시사항이었던 '구두점을 찍고 번역하시오.'라는 말은 문제로 나온 한문 문장 위에 쉼표, 마침표, 물음표, 큰따옴표, 작은따옴표 등을 이용해 구두점을 찍어 문맥을 분리한 후에 번역하라는 말이다. 시험에 나오는 한문 문장은 띄어쓰기가 없이 다 붙어 있기 때문에, 저런 문맥 구분을 해줘야 한다. 그리고 그 구분한 것을 보고 채점자가 학생의 문장 이해도를 가늠한다. 아마도 그 때문에 감점이 많아서 장학금을 못 받았던 것 같다.

나는 구두점이란 말이 생소해 이해하지 못한 채 넘겼기 때문에, 하나도 표기하지 않고 번역만 했을 뿐이니까. 그럼 내 입장에서는 '좀 더 자세히 문제를 써줘야지' 싶기도 한데, 다른 사람들은 다 알아듣고 썼을 테니 별도리는 없는 것 같다. 따져보면 꽤 감점을 당하고도 붙었으니, 붙은 것만 해도 다행이었다.

반장 할 사람? 저요!

2018년 2월에 종로 구기동에 있던 한국고전번역원에서 입학식이 있었다. 신입생이 50명이라 좀 넓은 데서 했다. 거기서 나는 맨 앞줄에 앉았다. 앞에 단상이 있던 곳에는 우리를 마주 보며 여러 선생님이 앉아계셨다. 시작하기 전까지 서로의 얼굴을 구경하면서 시간을 보냈다. 거기에는 동양 고전번역 출판계의 스타 저자이신 성백효 선생님도 계셨다. 초보 한문학도들이 손쉽게 한문의 세계로 들어올 수 있도록, 학생을 위한 직역본을 많이 출판해주신 고마운 분이다.

일반 도서에 비하면 책이 무겁고 비싼 편이지만, 거기에 들인 공과 노고에 비하면 사실 저렴하다. 일단 살아계신다는 사실에 반가움을 느꼈다. 옛날 고전 책을 주로 읽다 보니 자연스럽게 저자가 살아계시다는 생각을 잘 안 했다. 또 사람에 대해 궁금한 게 없는 내 무관심도 한몫했다. 그저 한문에만 관심이 있었으니까.

그렇게 여러 선생님과 아이컨택을 한 후에 입학식이 시작되었다. 선생님들께서 자기소개를 해 주시고, 원장님 연설도 짧게 끝났다. 사회자도 간단히 뭔가를 설명하고 식이 끝났다. 군더더기 없는 문장으로 이루어진 고전을 배우는 곳이라 그런지, 입학식도 군더더기 없이 심플하고 검소했다.

입학식이 끝나고, 2학년 반장 겸 원우회장인 남자분이 강단에 올라와 이 자리에서 1학년 반장과 2명의 총무를 뽑아야 한다고 했다. 반장 하실 분 손들라는 말에 나도 후보로 참가하고 싶어 손을 들었다. 그러고서 경쟁률이 얼마나 되나 하고 뒤를 돌아봤는데, 나 혼자만 들고 있었다. 순간 혼자 당황스러웠다. 나만 당황한 건 아니고 원우회장님도 당황했었던 것 같다. 그런 일은 예상치 못했는데, 자진해서 반장 하겠다는 사람이 나왔으니 말이다. 그렇게 내가 손쉽게 반장이 되고, 총무 두 명을 뽑을 때는 서로 눈치 보느라 시간이 좀 걸렸다.

이렇게 1학년 임원진을 뽑고, 교육원 생활에 관한 여러 팁을 안내받고 공식 일정이 끝났다. 우리 임원진은 원우회장과 점심으로 해장국을 먹으며, 임원 활동에 대한 설명까지 듣고 집으로 돌아갔다.

빠르게 읽는 법을 배워요

임원 활동은 별로 어려울 게 없었다. 물론 여러 가지 일이 좀 있는데, 하고 싶어서 하는 일이라 수고스럽지 않았다. 또 대부분 전달사항은 단톡에 메시지만 날려주면 충분했다. 그 정도 수고에 비해, 오히려 장점이 더 많았다.

50명의 1학년 학우들과 한 번씩 말이라도 섞어볼 수 있고, 교육원의 구성과 시스템을 빠르게 익힐 수 있고, 수업 진도를 잘 따라갈 수 있어서 좋았다. 내가 못 따라가면 학우들에게 정확한 공지 전달이 되지 않기 때문에, 부득이 잘 따라가려 부지런해질 수밖에 없었다. 아마 반장이 아니었다면, 내 특성상 구석에서 조용한 생활을 하며 수업은 안 듣고 딴 짓을 하고 있었을 것이다.

어쨌든 그런 임원 활동보다도 교육원의 빠른 학업 속도에 적응하기가 어려웠다. 제도권에서는 여름방학, 겨울방학, 시험, 공휴일을 다 빼면 논어 과목조차도 1년 안에 다 읽기가 힘들다. 그래서 학업 속도는 빠를 수밖에 없다. 학당에서 천천히 한자 하나하나를 풀어가며 읽어오던 나에게는 처음 접하는 한문 강독 스피드였다. 거기다 『논어』, 『맹자』, 『통감절요』, 『소학』 이렇게 4과목이었으니 부담스러운 분량이었다.

'나'라는 사람은 오늘 들은 수업이 복습할 때가 되어야 이해되는 느린 사람인데, 그 많은 분량이 한꺼번에 들어오니 뭔 말인지도 모르겠고, 혼란 속에 있는 것 같았다. 복습하자니, 역시 많아서 다 볼 수가 없었다.

지금 생각해보면, 이렇게 속독을 하려면 한자 한 글자 한 글자를 다 따지고 가면 안 되고, 우선 주어, 동사, 목적어 같은 문장 틀과 전체 맥락만 잡고 가야 한다. 이해에 불필요한 한자는 대강 퉁치고, 이해 못 한 건 그냥 넘기고 따라가야 하는데, 그걸 요령 있게 잘 못했다. 사람 이름이 나오면 그 한자의 기본 뜻이 하나하나 무엇인지 궁금해하다 보니, 거기에 빠져서 선생님 말씀을 놓치기 일쑤였다.

한자 공부를 30대 초반에 시작하다 보니, 아는 한자가 사실 몇 개 없었다. 처음에는 좋은 성적을 받으려고 시험공부도 열심히 했는데, 이제는 무사히 수료증 받는 걸로 목표를 바꿨다. 잘하시는 분들이 너무 많아 힘들다.

2학기가 끝날 무렵에는 교육원 안에서 7시간을 버티기가 너무 힘들어, 쉬는 시간에 도망나와 생계를 위해 배달일을 하러 가기도 했다. 더 앉아 있다가는 몸에 병이 날 거 같았다. 나는 한곳에 장시간 머무는 걸 잘 못하는 체질이다. 그래서 배달을 좋아하는지도 모른다.

아마 반장이 아니었으면 결석을 좀 했을 수도 있다. 그래서 반장을 그만두는 내년을 대비해서 결석을 최대 몇 번까지 할 수 있는지를 미리 알아보기도 했다.

또, 2학년 반장

2학년 새로운 임원진을 뽑아야 할 시기가 왔다. 나는 당연히 이 즐거운 반장 일을 자진해서 하겠다는 사람이 있을 줄 알았다. 그래서 후보자가 없을 거란 생각을 하지 못했다. 그래서 후보가 많으면 어떻게 할지에 대한 계획만 총무들에게 물어 준비했다. 내 예상과는 다르게 반장 자리에 아무도 자원하지 않았다. 겨우겨우 새로운 여 총무님만 자원을 해주었다. 내 예상과 달라 많이 당황했다. 그렇게 1차 실패를 맛보고, 계획을 다시 세워 다른 날로 잡았다.

어차피 이번에도 자원자가 없을 것 같아서 사다리 타기를 하거나 번호 추첨을 해서 빠르게 끝내고 집에 가려 했는데, 어찌어찌하다 보니 자원자가 나올 때까지 무거운 침묵을 이어나가게 되었다. 결국, 차마 누군가 해야 하는 그 무거운 상황 속에서 마음 약하신 두 분이 반장과 남 총무를 자원해주었다. 이후에 인수인계를 위한 전체 학년 임원진 모임까지 모두 성공적으로 마무리되었다.

그렇게 2학년 반장 겸 원우회장이 새로이 정해졌다. 그런데 그다음 주에 새로 뽑은 원우회장에게서 갑자기 집안에 여러 우환이 생겨 맡기 힘들게 되었다는 장문의 카톡을 받았다. 어렵게 뽑은 원우회장 자리가 다시 공석이 되었다. 뽑을 시기를 놓쳐 난감해하던 차에, 일부 1학년 학우들과 새 여 총무님의 권유도 있고 해서 그냥 내가 1년 더 하기로 했다.

덕분에 턱걸이 출석 계획은 일단 접게 되었다. '2학년 반장은 원우회장직까지 겸하는 자리라 일거리가 더 많을 것 같긴 한데, 안 해봤으니 경험해봐서 나쁠 건 없겠지.'란 생각이 들었다. 늘 그렇듯, 주어진 상황에 대한 긍정의 합리화가 빛과 같은 속도로 내 머리에서 진행되었다.

나는 고전 읽는 배달라이더다

'심기일전' 세미나를 열었어요

2018년 4월에 인문학당 상우(尚友)가 오픈되었다. '상우'라는 말은 『맹자』에서 가져온 말인데, 시대를 거슬러 올라가(尚) 옛사람과 친구(友)를 한다는 뜻이다. 다시 말해 그 사람이 남긴 글이나 관련된 글을 통해, 그 사람됨을 알고 친구로 사귄다는 말이다. 살아 있는 이 중에 딱히 친구 삼을 만한 사람이 없으면, 옛사람 중에서 찾아보길 맹자는 추천한 것이다.

어쨌든 그리하여 인문학 공동체에서 같이 한문 공부를 하던 학인들은 우응순 선생님을 따라 상우라는 새로운 공간으로 이동하게 되었다. 새로운 공간이 열리자, 삼경스쿨 세미나 멤버들에게 세미나를 맡아 해볼 기회가 주어졌다.

결국, 나도 세미나를 하나 오픈하게 되었다. 내 세미나 이름은 '심기일전'으로 정했다. 굳어진 마음의 틀, 다시 말해 경직된 사고의 틀을 이런저런 고전을 읽으며, 이리저리 굴려본다는 의미다. 동양 고전에 나오는 사람들의 글과 이야기를 읽고, 우리의 사고도 유연하게 만들어볼 생각으로 지었다.

이름을 짓고, 첫 세미나로 주자의 『대학』을 선택했다. 『대학』은 내가 한문을 시작할 때 첫 번째로 접한 책이다. 그 책을 읽으면서 모든 일에는 '순서'가 있다는 것을 알게 되었다. 순서라는 말이 내 마음에 깊은 감명으로 와닿았던 책이다. 그때까지 질서 없이 너무 산만하게만 살아왔기에, 그 말에 더욱 깊은 울림을 받은 것이다. 그렇다고 책 내용이 머릿속에 남아 있지는 않다. 다 읽고 나서 잊어버렸으니까. 그래도 주자라는 학자가 책 전체를 통해서 말하고자 했던 '순서'라는 키워드의 울림이 나를 크게 진동시킨 만큼, 아직도 몸에 새겨져 있는 것 같다.

세미나를 하려면 최소 3명은 돼야 안정적이기 때문에, 공고를 올리기 전에 나까지 총 3명을 만드는 일부터 시작했다. 일단 가까운 교육원 총무들에게 권유해서 남 총무 한 명을 건졌고, 다른 1학년 학우도 한 명 건졌다. 또 감이당 '백수다 프로그램' 시절을 함께 보냈던 동갑내기가 요즘 길거리에서 자주 마주치길래, 그 친구까지 합해서 총 4명이 되었다. 4명을 갖추고 공고를 올렸다. 공고 글을 나름 정성 들여 올렸지만, 공고를 보고 오는 사람은 없었다. 사전 섭외가 없었으면 그냥 망할 뻔했다. 역시 일의 순서를 잘 정해야 한다.

세미나 반장은 처음이었다. 세미나에서 반장은 주축이 된다. 반장은 세미나에 빠지면 안 된다. 그리고 모든 준비가 다 돼 있어야 한다. 이번 주에 읽을 분량을 각자 나누어 준비해오지만 반장은 다 준비해와야 한다. 누가 못 나올지도 모르고, 또 세미나의 흐름이 막히면 곤란하기 때문이다. 원활히 흘러야 한다. 결국 세미나에서 가장 많이 공부하는 사람은 반장이 된다. 그래서 반장이 좋다. 부득이 가장 많이 공부할 수 있으니까! 그런데 요즘은 저런 초심을 좀 잃었는지 공부의 여유가 생긴 것인지, 당일치기로 준비해가기도 한다. 동의하지 않을 사람이 있을 수도 있는데, 흐름은 원활한 편이다.

그다음으로는 『중용』을 읽었다. 『중용』도 사서(四書) 중의 하나다. 사서는 주자가 편집한 『대학』, 『중용』, 『논어』, 『맹자』의 4가지 책을 말한다. 『중용』은 보통 『대학』과 함께 세트로 붙어 있다. 『대학』이 많이 얇기 때문인 것 같다. 그래서 다음은 자연스레 『중용』을 읽었다.

『중용』은 우주의 이치를 논하는 책이고, 『주역』과도 연결되는 지점에 있는 책이라서 그 뜻이 심오하여 어렵다. 주자는 중용(中庸)의 정의를 '치우치거나 기대지 않고 지나침도 모자람도 없는 평상의 이치'라고 말했다. 주자가 친절히 풀어서 설명해준 건데, 오히려 더 혼란스러울 수도 있다. 하여튼 쉽지 않은 책이다.

『중용』 세미나를 모집할 때도 가까운 인맥을 동원했다. 절 사람도 부르고,

친밀해진 교육원 학우도 더 부르고, 상우 학당 학인도 오셨다. 그렇게 두 개 시즌으로 나누어서 3개월 정도 읽었으니, 여름 한 계절을 『중용』과 함께 한 셈이다.

세 번째로는 『시경』을 읽었다. 시경은 세계에서 가장 오래된 시집이고, 공자 님이 제일 중요하게 여겼던 교과서이기도 하다. 시경에는 다양한 상황에 처한 사람들의 이야기가 노래 형식으로 정리되어 있다. 그 마음의 소리에 공감하고 함께 젖어 들다 보면, 내 마음 또한 그 사람의 마음과 하나가 됨을 느낀다. 물론 끝나면 머리는 잊어버린다. 하지만 그 공감의 울림은 내 몸 어딘가에 남아 점점 쌓이고 있을 것이다.

『시경』이 너무 두꺼운 책이라, 쉬어갈 겸 노자의 『도덕경』을 읽었다. 노자의 풀이를 옛날에 똑똑하신 분들이 여러 버전으로 만들어놨는데, 그중에서도 삼국시대 말기에 '왕필'이라는 사람이 남긴 풀이를 읽었다. 더 논리적이고 합리적으로 보이는 다른 사람의 풀이도 있긴 하지만, 옛날 학자 계층들 거의 모두가 읽었던 통용본이 바로 왕필본이기 때문이다. 쉽게 말해서, 각 시대의 베스트셀러보다는 시대를 두루 관통하여 학자들에게 더 넓게 읽혔던 스테디셀러를 먼저 보자는 취지다. 순서에 맞게!

『도덕경』은 도가 계통으로 분류되는 책이라서, 인간세계 너머의 형이상학적인 세계를 통찰하는 책이다. 그래서 뭔가 읽고 있으면 순간 숙연해지고 경건해지는 느낌이 드는 색다른 맛이 있다. 자기 이야기와 연결해 적용할 지점이 많아서 재미있게 읽어나갔다.

다시 『시경』으로 돌아온 현재 인원은 여전히 나까지 5명이다. 처음부터 꾸준히 같이 읽으며, 주자의 설명 밑에 더 작은 글자로 된 추가 설명까지 읽어와 공유해주는 분도 계시고, 같이 공부하다가 교육원에 1학년으로 새로이 입학한 분도 계시고, 멀리서 책을 읽으려고 오시는 분도 계신다. 최근에는 백수다 프로그램 시절을 같이 보냈던 또 다른 사람도 한 명 추가됐다. '심기일전' 세미나는, 이처럼 나이와 성별이 고르게 섞여서 잘 굴러가는 중이다.

2장

내 작은 일상에서
발견한 고전

돌려 말하기

나는 오토바이 사고를 거의 안 내지만, 종종 사람들과의 마찰로 사건을 일으킨다. 일한 지 한두 달쯤 된 날, 어느 호텔 매니저와 신경전을 벌여서 점장을 본사로 불려가게 한 일이 있었다.

시청 근처의 한 호텔에 배달 갔던 때였다. 배달원들은 보통 고급스러운 빌딩에 들어갈 때, 화물칸 엘리베이터를 타고 가라는 요구를 받는다. 내가 종로 · 중구에서 적응 중에 처음 그런 말을 들었을 때, 순간 움찔함을 느끼기도 했다. 그래서 화물칸을 타고 올라갔다가 반항심에 유유히 중앙 엘리베이터로 내려오기를 즐겼다.

또, 어떤 호텔들은 이미지 관리상 배달원들이 직접 올라갈 수는 없고, 로비에서 수령을 해야 했다. 한 발 더 나아가서, 어떤 곳은 로비에도 들어오지 말라고 한다. 꼭 그렇게까지 해야 하나 싶은 마음에 불쾌감이 종종 올라왔다. 하지만 그 사람들이 돈 버는 방식이니, 내가 관여할 일은 아니다.

사건을 일으킨 그때도 혹시나 해서 카운터 직원에게 물었더니, 역시나 고객이 내려와야 한다고 했다. 고객에게 내려오셔야 한다고 말하고 한가로이 로비에서 기다리고 있는데, 그 직원이 퉁명스러운 말투로 밖에 나가서 기다리라고 말했다. 호텔 이미지 관리상 그런 정책을 정하는 건 이해하겠는데, 정중하지 못한 그 말투에 나는 분이 올라왔다. 그래서 나도 모르게 순간 "싫은데요?"라고 말하고 그냥 로비에서 기다렸다. 그렇게 음식을 전달하고 밀려 있는 다음 배차 건을 진행했다.

일이 끝날 때쯤 센터로 복귀했더니, 점장이 호텔에서 무슨 일이 있었는지를 물어왔다. 그 호텔 직원이 직원 교육을 어떻게 하는 거냐고 불만을 표한 것이다. 게다가 직원 교육 시스템과 일의 사후 처리 과정까지 공유해달라는 요청을 남겼다. 이 정도로 디테일한 요구를 하는 거 보면 그 사람도 서비스업 시스템에 빠삭한 매니저급인 거 같다고 점장이 말했다. 하지만 우리 점장도 만만치 않은 사람이었다. 나에게 잘 둘러대고 다독여서 케어를 완료했으니 걱정하지 말라고 말해주었다.

그때 점장이 케어한 걸로 끝내야 했는데, 난 또 괜히 분이 올라왔다. 음식 시킨 고객도 아니고 제삼자가 전화해서 나를 모함하는 게 불쾌했다. 밖에 나가, 나도 그 호텔에 전화를 했다. 전화 받은 분에게 그 직원 말투가 정중하지 못하다는 말을 전달했다.

그랬더니 나중에 다시 내 폰으로 전화가 왔다. 그 사람이었다. 자기가 언제 말을 그런 식으로 했냐고 따졌다. 나는 그쪽 호텔이 이미지 관리 차원에서 라이더를 밖에서 대기시키는 건 이해하겠는데, 처음 본 사람에게 말을 할 때는 공손하게 말하셔야 한다고 차분히 응대했다.

그렇게 몇 마디 계속 주고받다가, 나보고 통화 녹음하고 있냐고 물었다. 본인은 녹음하고 있었던 모양이다. 내가 흥분하면 그걸 가지고 또 2차 신고를 해볼 생각이었던 것 같다. 결국, 그 사람은 또 2차 신고를 했다. 나는 '뭐 그러든가 말든가, 잘리면 다른 데 가서 배달하면 되지.'라는 생각이었다.

그런데 정작 난처해진 건 점장이었다. 번호를 어찌 알고 전화했냐고 나에게 묻고, 또 SNS에도 올라왔다고 말했다. 점장님은 본사에서 내가 어떤 사람인지 파악해서 오라는 소환령까지 받으셨다. 그렇게 두 번에 걸쳐 본사에 보고하러 가셔야만 했다.

결국, 나는 안 잘리고 점장과 따로 카페에서 커피 한잔 하면서 부드럽게 마무리가 되었다. 역시 점장은 특유의 부드러움과 공손한 말투로 남을 다독이는 케어를 매우 잘한다. 나도 그렇게 케어를 받으니 기분이 한결 풀어져 편해짐이 느껴졌다. 점장님은 뭔가 신기한 능력이 있는 듯했다.

그 이후로 호텔에서 하는 주문은 고객님들을 다 로비 밖으로 나오도록 했다. 도착 1분 전에 미리 전화해둔다. 그렇게 해보니 밖에서 만나 바로바로 드리고 다음 배차를 빠르게 진행할 수 있어서 시간도 절약되고 좋았다.

그 사건 외에도 경비실 아저씨가 "오토바이 타고 들어가지 마!"라며 갑자기 소리 지르며 반말을 한 적도 있어서 시비가 붙기도 했고, 최근에는 서울대 병원 차량 통제관리 요원이 언성을 높여서 '내가 아저씨 아들이냐'고 따지면서 시비가 붙은 적도 있다. 처음 본 사람에게 대뜸 반말부터 하고 언성부터 높이면 심히 불쾌해서 나도 그냥 넘어가지 못한다.

날 언제 봤다고 반말을 하고 언성을 높이는 걸까? 저기 멀리 정치권이나 사회 지도층의 갑질 행태를 보지 않아도, 나는 늘 가까이에서 그런 갑질하는 사람들의 말투를 듣고 다닌다. 그들이 배달원을 바라보는 시선과 가진 자가 가지지 못한 자를 바라보는 시선이 얼마나 다를까? 정말 다른가?

하지만 내가 그런 부류를 마주칠 때마다 그렇게 분노를 삼키지 못하고 말을 험하게 해버리면, 결국 내 입만 더러워지고 불명예로 끝날 뿐이다. 또, 분이 올라오는 대로 막말을 하게 되면 일이 커져 경찰서에 가야 할지도 모를 일이다. 그럴 때는 역시 『시경』만 한 게 없다.

『시경』은 학당에서 2018년과 2019년에 걸쳐 18개월을 읽었던 책이다. 공자가 제자들을 가르치는 데 썼던 유일한 교재이기도 하다. 주자라는 학자가 『시경』을 포함해 '사서삼경'을 엮어내고, 사서를 읽기 전에 또 기초 교재로 『근사록 집해』를 만들고, 계속해서 만들어서 현재는 교재가 너무 많아졌다. 너무 쓸데없이 번잡해진 느낌이 들지만, 그래도 읽으면 다 재미있고 유익함이 있는 건 사실이다.

어쨌든 공자가 추천한 '시'라는 것은 우리에게 많은 의미를 전달하는 매체이다. 말 표현으로는 다 전달할 수 없는 그 나머지 감정을 전달하는 매체이기도 하고, 또 완곡하게 돌려 말하는 스킬을 익히게 해주는 매체이기도 하다.

가끔 배달 중에 이렇게 불손함으로 나의 감정을 자극할 때, 직설법으로 내 입을 더럽히기보다는 시처럼 완곡한 표현으로 나의 감정을 조절해야 함을 느낀다. 시선을 멀리 두고 저렇게 한번 읊조려, 내 감정을 푸는 것이다.

憂心悄悄(우심초초), 慍于群小(온우군소). 覯閔旣多(구민기다), 受侮不少(수회불소). 靜言思之(정언사지), 寤辟有摽(오벽유표).

(밀린 배달로) 근심스러운 마음 초조하니, 하찮은 무리마저 불손하네. 쓰라린 일 이미 많고, 모욕도 적지 않네. 가만히 생각하다, 가슴만 두드리네.

－『시경』「패풍 백주」

이번 글에서는 감명 깊게 읽었던 『대학』이라는 책을 내 배달 생활로 풍자해보려 한다. 내가 처음 한문을 접했던 책은 『대학』이었다. 『대학』은 중국의 유명한 유학자인 주자라는 사람이 질서 정연한 편집을 통해 출판한 책이다. 이 『대학』이라는 책은 '격물(格物)-치지(致知)-성의(誠意)-정심(正心)-수신(修身)-제가(齊家)-치국(治國)-평천하(平天下)'라는 순서를 통해 이 세상을 살아가야 한다는 것이 요점이다. 하지만 이 글에서는 격물에서 수신까지만 다뤄보려고 한다.

격물(格物) – 사건에 이르는 것

늘 배달일을 하다 보면 여러 사람을 만나고, 그로 인해 여러 사건 사고들을 만나게 된다. 예를 들어, 오늘 같은 경우 서울대병원 7층에 음식을 배달하러 갔는데, 한참을 기다려도 나오지 않았다. 조급한 마음에 음식을 한쪽에 두고, 내려가는 엘리베이터에 올라탔다. 내려가면서 고객에게 전화로 한쪽에

두었다고 말을 했는데, 그 고객은 나에게 불만을 표했다.

"아니 없어질 수도 있는데, 그냥 두고 가면 어떡해요!"

내 잘못도 있긴 하지만, 처음 본 사람에게 공손한 말투로 하지 않아서 내 마음에 순간 분이 올라왔던 건 생략하고, 그냥 껍데기 말만 따져보려 한다. 어쨌든 저렇게 사건을 만나는 것을 '격물'이라고 할 수 있다.

치지(致知) - 앎을 지극히 하는 것

저런 사건을 만났을 때, 내가 과거에 경험했던 일을 가지고 그 상황을 가만히 생각해 곱씹어봐야 한다. 떠오르는 경험이 없다면 그냥 입장을 바꿔서 냉정하게 생각해보면 된다. 고객 입장에서 생각해보면, 분실의 걱정을 할 수도 있는 것이다. 집 앞도 아니고 공공엘리베이터 앞에 두고 갔기 때문에, 저렇게 말하는 고객 입장을 머리로 이해할 수 있다. 이렇게 머리로 이해를 자세히 해보려는 태도가 '치지'다.

성의(誠意) - 뜻을 성실히 하는 것

뜻을 성실히 분명히 하는 것이다. 내 입장을 떠나 고객 입장이 머리로 이해가 됐다면, 그 이해의 입장을 일관성 있게 분명히 마음으로도 납득해야 한다. 상대 입장에서는 그렇게 생각할 수도 있겠다고 이해한 그 상태를, 내 마음에 딱 제대로 박아놓아야 한다.

이게 쉽지 않은데, 내 몸이 거부하기 때문이다. 머리로 이해는 했어도, 내가 타고난 기질은 그 이해가 내 몸에 뿌리내리지 못하게 방해한다. 그래도 성실히 잘 심어보자.

정심(正心) - 마음을 바르게 하는 것

그 이해된 입장으로 마음에 잘 심어보려고 하면, 갑자기 다른 측면의 견해들이 떠오르면서 기존의 이해를 부정하려는 또 다른 마음이 고개를 든다. 예를 들어, 놔두고 가도 없어지지 않을 확률도 존재하는 게 사실이다. 사실 내 경험상 없어지는 일은 거의 없었다.

또 한편으로는 '없어지면 내가 물어주면 되지.'라는 생각이 들기도 했다. 하지만 그건 지금 상황의 문제를 돈으로 해결해 넘어가려는 것이다. 이것은 자본주의가 우리의 사고 체계에 심어놓은 '물질만능주의'이기에 더욱 경계해야 한다. 문제가 됐던 포인트는 상대와 협의하지 않고 물건을 '독단적으로 처리한 행위'이다.

그러니 다른 반론을 펴서, 상황을 다시 중간으로 돌려 모호하게 만들고 싶은 그 다른 마음들을 그냥 흘려보내야 한다. 그렇게 다른 견해를 일으키는 마음들을 눌러 바르게 펴서, 그 사람을 머리로 이해했던 입장으로 내 다른 마음들을 바르게 정리해야 한다.

수신(修身) – 몸을 닦는 것

내 마음의 동요를 진정시켰다면, 행동으로까지 드러나게 하는 것이다. 예를 들어, 다음부터는 놓고 가지 않는다든가, 혹은 전화로 사전협의를 한 상태에서만 놓고 간다든가 하는 방식으로 행동을 전환하는 것이다. 이것이 몸을 닦는다는 '수신'이다. 그렇게 내 행동 방식에 변화를 주는 것이다.

정리하자면, '격물-치지-성의-정심'은 머리에서 마음 정리까지, '정심-수신'은 정리된 마음에서 행동으로 가는 순서를 세밀화한 것이다. 이렇게 책에서 순서를 알려주었음에도 불구하고, 격물에서 시작해 수신까지 오는 과정이 절대 쉽지 않다는 것을 나 또한 매번 느낀다. 그래도 잘 외워서 여러 사건에 몇 번 써먹다 보면 나의 새로운 행동 패턴이 만들어지게 된다. 하나하나 차곡차곡 쌓이는 이런 수신의 결과물은 결국 더 새로워지는 내가 되는 데 강력한 밑거름이 될 것이다.

『대학』의 순서 ②

자신을 단련해나가는 수신(修身)의 과정에 이어, 이번에는 제가(齊家)-치국(治國)-평천하(平天下)를 다뤄보려고 한다.

오토바이를 세울 때는 '옆 발'을 내려 안정적으로 튼튼히 세워야 한다. 그 옆 발의 안정감이나 튼튼함 정도가 바로 나의 '수신의 상태'가 되는 것이다. 어느 배달지에 도착해, 오토바이를 세웠다. 늘 하던 감각으로 오토바이 옆 발을 내려 세우고 빌라로 들어갔는데, 자꾸 오토바이가 신경 쓰였다.

'내가 잘 세웠나? 넘어지면 안 되는데…'

오토바이가 넘어지면 부서져 고장이 날 것이고, 배달통에 들어 있는 다른 음식들도 다 망가져버릴 것이다. 그래서 안정적으로 굳게 세워두는 건 매우 매우 중요하다. 그렇게 계단을 올라가며 오토바이가 신경 쓰일 때, 『대학』의 한 구절이 생각났다.

'이것이 제가(齊家)가 안 되면 치국(治國)이 안 된다는 말인가 보다.'

제가(齊家) – 집안을 가지런히 한다

여기서는 오토바이가 내 집이 되는 것이다. 오토바이가 넘어지면 집안 기둥이 무너지는 것과 같고, 배달통 안에 음식이 그로 인해 파손되면 재물을 크게 잃는 것과 같다. 그러므로 오토바이를 가지런히 안정적으로 잘 세워둬야 한다.

치국(治國) – 나라를 다스린다

오토바이를 안정적으로 세워두지 않으면 음식 전달 중에 불안하게 신경 쓰이는 것처럼, 집안이 가지런히 안정되지 못하면 밖에 나가서도 계속 집이 신경 쓰여 바깥일에 집중할 수가 없는 것과 같다. 집중하지 못하면 실수가 생기니, 안에서 새는 바가지가 밖에서 샐 수밖에 없는 것이다. 제가를 안정되게 해놓고, 고객에게 음식 전달하는 바깥일까지 실수 없이 정확히 해야 치국의 완성이다.

평천하(平天下) – 천하를 고르게 한다

그렇다면 여기서 평천하라는 것은 스마트폰에 떠 있는 전체 콜과 같다. 내가 잡은 콜을 이런 과정으로 처리해야, 여러 콜이 안정적으로 다스려지는 것이다.

이런 생각이 드니, 오토바이 옆 발을 안정적으로 튼튼히 하지 않은 내 급한 마음을 다시 돌아보는 계기가 되었다. 아무리 급해도 하나하나 확실히 매듭을 지으며, 차근차근 진행해나가야 함을 알았다.

도망갔으니까, 봐주지 마

교통 벌점을 차곡차곡 쌓아가고 있던 2019년 5월의 어느 날이었다. 교통경찰이 사라져 고요함이 시작되는 밤 10시쯤은 마음 편히 횡단보도를 타고 서행할 수 있는 때이기도 하다. 자유로운 마음으로 횡단보도를 타고 건너는데, 멀리서 싸이카(경찰 오토바이) 3대 정도가 줄지어 오고 있었다. 평소 같으면 덤덤히 딱지를 받아 들고 착잡한 마음으로 갈 길을 갔을 것이다. 하지만 이번에 걸리면 벌점이 40점이 넘어 면허 정지가 되는 곤란한 상황이었다.

나는 보통 경찰이 부르면 도망갈 생각을 잘 못 한다. 어떤 경우는 내가 딱지를 끊기고 있는 동안에, 나와 똑같이 위반한 라이더를 경찰이 불러 세웠던 적이 있었다. 하지만 그분은 차선을 바꿔 속도를 높여 잘 도망가셨다. 그걸 보고 있으니, 이 바닥은 왠지 말 잘 듣는 사람만 딱지를 끊긴다는 느낌이 들었다. 그래서 나에게 미안했을까? 제일 싼 딱지로 끊어주었던 기억이 난다.

하지만 어쨌든 지금 내 상황은 위태롭다. 이 위태로운 상황을 일단 면하고

자 했던 나는 못 본 척하며 그렇게 상점가 길로 유유히 들어갔다. 하지만 하필 사람이 붐비고 있던 터라, 얼마 가지도 못하고 잡히고 말았다. '이걸 어떻게 해야 하나.'라는 생각에 잠시 머뭇거리고 있는데, 경찰 무전기 너머의 목소리가 그 혼란함을 잠재웠다.

"도망갔으니까, 봐주지 마!"

그렇게 벌금 4만 원에 벌점 15점을 받고 드디어 총 45점의 벌점이 되었다. 그러면 벌점 그대로 45일간 면허가 정지된다. 20년 배달 인생에 처음 겪어보는 면허 정지였다. 하지만 배달로 밥을 벌어먹고 있는 처지라, 45일의 정지는 생계에 상당한 지장을 초래하는 기간이다. 일단 급한 대로 임시운전면허증을 발급받고 일하다가, 벌점 감경 교육을 받으러 가야만 했다.

교육에 대해 알아보니, 6시간에 36,000원짜리 법규 준수 교육을 받고 8시간에 48,000원짜리 현장 참여 교육까지 받으면 벌점을 총 50점 빼주는 시스템이었다. 그런데 가만 생각해보면 결국은 '교통법규를 위반해서 돈 내고 벌점까지 쌓인 걸, 다시 돈 내고 벌점을 줄이러 가는 게 아닌가?' 싶은 생각이 들었다.

'내 돈이 목적인 건가? 내 딱지값으로 복지 예산 마련하고, 교육비 값으로

교통안전공단을 먹여 살리는 건가?'

이런 자괴감에 빠지기도 했다. 더구나 교육받으러 왔다 갔다 하느라 이틀이라는 시간까지 뺏기게 되니, 실제 비용은 딱지값을 제외하고도 30만 원(교육비+이틀 알바비) 이상이 드는 셈이었다. 이런저런 많은 불만이 떠오르지만, 어쨌든 여기는 교통 '무(無)법지대'인 인도의 한적한 시골이 아니라 교통 '유(有)법지대'인 한국이라는 나라고, 현실은 면허증으로 밥 벌어 먹고사는 형편이기 때문에 정지가 되면 곤란할 뿐이다. 가능성은 적지만, '뭐 또 교육을 받고 다시 태어날지도 모를 일이 아닌가.'라며 스스로를 애써 위로했던 기억이 난다.

이렇게 벌점 40점을 넘기면 엄청난 대가를 치러야 한다는 걸 처음 몸소 깨닫고 나니, 이제는 횡단보도를 건너려고 하면 몸이 그때의 아픔을 기억하고 있는지 움찔움찔 멈춰짐이 느껴졌다. 그래서 요즘은 끌고 횡단보도를 건너고 있다. 그런 나를 보고 있노라면, 예상과 달리 꼭 세금 수입에 목적이 있는 것만은 아닌 거 같았다. 『주역』에 이런 상황을 언급한 구절이 있다.

初九(초구), 屨校滅趾(구교멸지), 无咎(무구).

초구효, 차꼬를 채워 발을 상하게 하니, 허물이 없다.

－『주역』「화뢰서합 초구효」

『주역』「화뢰서합」괘에 나오는 말이다. '차꼬'는 족쇄이고, '발을 상하게 한다'는 것은 움직임을 강제로 멈추게 하는 지나친 형벌을 말한다. 지나친 형벌을 가하는 것은 초기에 잘못을 강하게 바로잡으려 하는 뜻이다. 그러니 그 이상 더 큰 잘못을 범하는 허물(잘못)은 없게 되는 것이다. 사소한 교통법 위반이라도 벌점을 부과해서 면허를 정지시키는 것도 이에 해당한다. 큰 사고를 예방하려 함일 것이다.

잘못에 비해 과한 비용이 드는 형벌이라는 불만이 들었지만, 그들을 그렇게까지 몰아세울 필요는 없는 것 같다. 따끔한 방법으로 위반자를 교통 시스템 안으로 다시 되돌려놓는 효과가 있다는 것을 인정하지 않을 수 없기 때문이다.

양심

『주역』 64괘를 배우다 보면 자주 나오는 말이 있다. '바르면(貞) 길하다' '바르면(貞) 이롭다' '바르면(貞) 허물이 없다' 등이다. 64괘처럼 온갖 상황의 변화가 찾아오더라도 바르기만 하다면, 모든 상황이 길하고 이로운 쪽으로 흘러가지는 못하더라도, 최소한 잘못은 없게 된다는 말이다.

종로·중구에서 처음 일을 시작했을 때부터 나는 내비(게이션)를 사용하지 않았다. 나름 20년에 가까운 배달 경력을 자만하며, 그런 건 초보나 사용하는 것이라는 생각이 있었다. 동료 중에 내비를 따라 곧잘 다니는 사람을 보면 '이분은 초보인가 보구나.'라고 단순히 치부해버릴 뿐이었다. 나보다 낮은 레벨로 낮추어 본 것이다. '고(高)레벨'이라고 자처한 나는, 출발지와 목적지만 알면 다른 도움 필요 없이 알아서 갈 수 있다는 자신감을 빙자한, 자만함이 있었다.

그런데 한 달이 멀다 하고 경찰에게 딱지 끊기는 일이 생기다가, 결국 면허 정지까지 당해 안전 교육까지 받는 신세가 되었다. 그때 문득 좀 알아야겠다는 생각이 들었다. 처음 면허 정지를 겪고 나니, 뭔가 스스로 이건 아니지 않나 싶어 나 자신을 돌아보게 된 것이다. 배달 사정상 마음이 급해 부득이 도로교통법을 어길 때도 있겠지만, 일단 바르고 안전히 다닐 수 있는 길을 한 번쯤은 몸에 익혀봐야 할 것 같았다.

우선 첫 번째는 바른 도로이용법을 익히는 것이 순서였다. 그동안 내비 없이 다니다 보니, 가다가 유턴이 안 되거나 좌회전이 안 되면, 횡단보도를 통해 건너기도 하고 길을 만들어서 가는 경우도 있었다. 그런데 내비의 도움을 받으며 대학로 지역의 도로 이용법을 익히고 나니, 생각이 많이 달라졌다. 앞으로 조금만 더 가면 유턴할 수 있는 구간이 있는데, 바보같이 횡단보도를 이용하고 있었던 것이다.

또 몇 초 빠르게 갈려고 일방통행을 역주행하길 곧잘 했었는데, 내비를 따라 내 방향에 맞게 다녀보니 전과는 다르게 마음이 넓어지는 편안함이 느껴졌고, 그로 인한 당당함이 생겨났다.

이렇게 마음 편하고 안전하게 다닐 수 있는 길이 있는데, 나는 왜 그동안 잔머리를 굴리며 알 수 없는 불안감을 떠안고 힘들게 다닌 걸까? 왜 경찰이 있나 없나를 동서남북으로 살피면서 눈치 보며 다닌 걸까? 그로 인해, 그동안 내 자존감은 얼마나 작아진 것일까? 남들 눈치 보며 다니는 버릇이 왠지 이런 평소의 행위에서 비롯된 것이 아니라고 단언할 수 없을 것 같다. 나 스스로가 자신의 격을 떨어뜨리며 살고 있었던 것이다.

자존감을 떨어뜨리며 버는 몇천 원, 몇만 원의 '돈'과 바르게 행동함으로써 얻어지는 '당당한 자존감' 중에 무엇이 더 소중할까? 나는 몇 푼의 돈과 조금의 시간을 아끼기 위해 무엇을 길바닥에 흘리고 다닌 것일까? 너무 큰 손해를 보며 살아온 것 같다.

'기생충'에서 다시 현실로

2019년 7월 초. 장마 기간인데도 비는 오지 않고 찜통 같은 무더위만 계속된다. 뉴스에서는 이런 걸 두고 '마른장마'가 왔다고들 한다. 하늘은 왜 비는 안 주고 무더위만 주는 걸까. 물 없이 무더위를 버텨내라니, 우리를 말려 죽이려고 작정한 것 같다. 물이 없으면 농사가 안 될 거고, 농사가 안 된다는 건 생명이 자라지 못하는 땅이 된다는 말이다. 그런 땅에서 사람이라는 생물은 얼마나 버텨낼 수 있을까. 그래도 다른 동물보다는 머리가 잘 돌아가니까, 자연을 최대한 독점 이용해서 나름 오래 버텨낼 생물일 것이다. 사막화된 곳에 사는 인간들을 그린 영화 〈매드맥스〉에 나오는 광기에 미친 인간들처럼.

이렇듯 내 상상력은 가끔 사람들을 극한으로까지 몰고 가는 광기를 발휘한다. 예전에 여자친구와 헤어질 때도 그랬지만, 늘 관계가 깨질 때 그 사람을 극한의 나쁜 사람으로 몰고 가는 걸 즐겨 해왔다. 물론 당연히 상대방은 못 즐겼겠지만.

그날은 유난히 배달콜이 별로 없었다. 그래서 겸사겸사 한 번 더 봐야겠다고 생각해두었던 영화 〈기생충〉을 보러 대학로CGV에 들어갔다. '기생충(寄生蟲)'을 글자 그대로 풀어보면 '의지해서 살아가는 벌레'다. 한문을 배우고 있어서 그런지, 아는 글자도 한자 뜻을 하나하나 풀어보는 취미가 생겼다. 그러면 어설프게 감만 잡고 있던 뜻이 상세해지고 분명해짐을 느껴서다. 영화는 기택(송강호 역)의 가족들이 부잣집에 기생하며 살아간다는 내용이다.

영화를 보고 나오니 밤 10시 50분쯤이었다. 이제 마지막 퇴근콜을 잡고 집으로 향하는 막차에 올라야 한다. 마지막으로 잡은 콜은 훠궈집이었다. 이 가게는 '뎁짜이'라는 대학로 유명 쌀국수집을 운영하시는 사장님이 새롭게 오픈한 중국음식점이다.

픽업하러 들어가니, 이제 마감 시간이라 다른 손님들은 없고, 뎁짜이 알바 식구들 10여 명 정도가 둘러앉아 훠궈를 먹고 있었다. 순간 그 장면이 영화 〈기생충〉에서 주인들 몰래 음주 가무를 즐기던 송강호네 식구와 겹쳐졌다. 그렇게 내 머리는 〈기생충〉 시나리오를 여기에 적용하기 시작했다.

'이 많은 사람이 대가족은 아닐 테니까, 우두머리가 있겠지? 이 기생충들의 대장은 누굴까?'

이 질문에 과거 그들과 나눈 대화와 모습들이 재해석되어 새로이 기억되기 시작했다. 두목일 가능성이 큰 사람은 쌀국수집에서 일하는 홀서빙 베트남 여자애일 확률이 가장 높다. 왜냐하면, 한국말에 가장 능통해서 사장님과의 소통을 독점하고 있기 때문이다. 또 업무 위치적으로 홀에서 사장과 주방과 라이더를 모두 연결하는 위치에 있고, 가장 일을 잘해서 그 친구가 없으면 피크타임에 대혼란이 오기도 한다. 또, 그 친구가 평소에 늘 같이 일하는 사람들의 표정과 행동을 체크하는 모습을 많이 봤고, 같이 일하던 남자친구는 훠궈집 오픈에 맞춰 그곳으로 일터를 옮긴 참이었다.

왜 굳이 그 남자가 갔을까?

'아…. 이것이 바로 드러나지 않는 음의 영역에서 주인을 조종한다는 것이구나!'

또 마침, 이반 일리치라는 철학자가 말하는 과거 집안에서 여성들의 역할과도 겹쳐졌다. 이반 일리치는 여성들이 여성들만의 고유 영역인 가정 돌봄의 가치를 스스로 깎아내리면서까지, 남자들에게 유리한 자본 경쟁에 뛰어드는 걸 안타깝게 여겼다. 본인들에게 유리한 판을 던져버리고 불리할 수밖에 없는 판으로 뛰어든다고 여겼다.

과거 여성들은 남자들이 하는 일의 자잘한 흐름을 바꿀 수는 없었지만, 여차하면 큰 흐름을 반대로 뒤집어버리는 힘을 소유하고 있었다. 예를 들어, 최근에 본 『82년생 김지영』이라는 소설에 나오는 어머니의 강력한 한마디 "중국에 투자하는 순간 바로 이혼이야!"라거나, 멀리 갈 것도 없이 내가 세 들어 사는 곳의 집주인 아주머니는 협박보다는 행동으로 보이셨다. 아저씨가 또 해외로 배를 타고 나가는 게 못마땅하셔서 선원수첩을 그냥 불로 태워버리셨다고 들었다. 그 덕(?)에 주인아저씨는 정착민이 되셔서 나와 함께 한 지붕 아래 살고 계신다. 만약 이도 저도 안 되면 눈물로 호소하면 될 거란 생각도 든다. 이것이 바로 남편 뒷바라지를 하며 조용히 함구하고 있다가, 결정적인 순간들에만 쓰는 강력한 한 방인 것이다.

어쨌든 그렇게 정리해보면, 쌀국수집 그 여자애가 고분고분 빠릿빠릿하게 움직이며 일의 중심에 자신을 놓고, 새로운 영역에는 남자친구를 심는 드러나지 않은 설계자일 수도 있다는 상상력인 것이다. 나는 이것이 현실판 〈기생충〉임을 확신하고서 같이 일하는 형에게 전화를 걸어, 이 실체를 알려주었다. 그 형은 가볍게 웃고는 나처럼 무겁게 받아들이지 않았다.

"그건 그렇고, 오늘 배달콜 몇 개 했어?"

"어? 아… 나 엄청 많이 했지 ㅎㅎ"

이렇게 음모론에서 현실로 대화가 돌아오자, 맥이 탁 끊어지면서 나 자신을 돌아보게 되었다. 아무래도 내가 한 가지 생각으로 눈앞의 상황을 과하게 엮어버린 듯했다. 곰곰이 다시 생각해보니, 훠궈집 카운터에 한국인 매니저가 있었던 게 기억이 났다. 다시 말해, 몰래 먹고 있는 게 아니라, 회식 중이었던 것이다.

새벽 밤에 문득 잠에서 깼다. 날씨는 무더위지만 밤에는 다소 쌀쌀한 느낌이 있어서 온수 매트를 켜고 잔 게 문제였다. 일어나서 온수 매트를 끄려는데, 갑자기 어둠 속에서 내 앞에 보이는 세 개의 물체가 고양이로 인식되었다. 뒤집혀 있는 헬멧은 앉아 있는 고양이로, 척추마사지 판과 여분의 베개는 엎어져 있는 고양이로 착시현상이 일어난 것이다. 지금에서야 착시현상인 걸 안 거지, 그렇게 보인 순간 내 몸은 너무 놀라 그냥 얼어붙어 있었다. 시간이 얼마나 지났는지 모르겠지만, 그때 나에게는 영겁의 시간이었다. 온갖 생각이 다 들었다.

'문을 닫고 잤는데 어떻게 들어온 거지? 내가 일어났는데 얘네들은 왜 안 도망가지? 내가 더 움직이는 순간 합심해서 달려드는 거 아닐까?'

그렇게 1분여가 지나서야 처음에 잘못됐던 인식이 풀리기 시작했다. 그래도 남아 있던 그 긴장감과 공포감에 한동안 몸이 굼뜨게 움직였다. 그렇게 온

나는 고전 읽는 배달라이더다

수 매트를 끄고 다시 자리에 누워 잠을 청했다.

이처럼 영화에서 본 장면 또는 눈을 떴을 때의 첫 인식을 그대로 가지고 살아가는 시간이 길어진다면, 그것이 세상을 바라보는 나의 고정된 틀이 되는 것이다. 그래서 공자님은 다음과 같은 말씀을 남겼다.

思而不學(사이불학), 則殆(즉태).
생각만 하고 배우지 않으면, 위태롭다.

- 『논어』 「위정」

이 말은 배움의 중요성을 말하는 구절이다. 다시 말해, 자기가 보고 듣고 경험한 것만으로 이 세상을 판단하려고 한다면 위태로움에 빠진다는 말이다. 가끔 어느 한 가지 생각에 깊이 빠져버린 나머지, 거기에 맞춰 눈앞의 상황을 일목요연하게 정리해버리려는 나에게 경고를 주는 구절이다.

자기 경험의 생각만을 고집하다 보면 이 세상 전체를 그렇게 해석해버리는 위태로움을 범하게 된다. 그렇기 때문에, 새로운 시각을 배워서 뻣뻣해진 기존의 틀에 균열을 가해야 한다. 균열을 가해서 다시 유연한 상태로 되돌려야 한다. 깊이 생각하되, 거기에 매몰되지 않는 유연함을 유지해야 하는 것이다.

나는 저런 식으로 생각을 굳혀버리는 일이 종종 있다. 그 굳음이 1분 만에 풀릴 수도 있고, 하루 만에 풀릴 수도 있고, 아니면 몇 년간 안 풀릴 수도 있다. 아니면 평생 그런 생각만 품은 채 살아갈 수도 있다. 그래서 나는 꾸준히 고전을 읽는다. 내가 너무 깊이 들어갔을 때, 망치로 깨워줄 사람이 늘 곁에 함께 있어주진 못할 테니까.

또 하나의 나

2019년 7월. 최근 들어 달달한 걸 별로 안 좋아하기 시작했다. TV 프로그램에 보면 당이 떨어졌다고 하면서 당 보충 해야겠다는 멘트가 곧잘 나온다. 하지만 너무 달달한 걸 먹으면 당이 급격히 치솟게 되고, 또다시 급격히 떨어지는 오르락내리락 현상이 생긴다는 연구 결과도 있다. 요즘은 후자에 더 신뢰가 간다. 요즘 들어 혈당 수치의 오르내림에 따라 감정의 요동침이 느껴지기 때문이다.

그래서 스타벅스에 갈 때는 아메리카노 아니면 생수를 마신다. 요새는 수입이 안 좋아 절약 생활을 하는 중이라, 커피는 집에서 마시고 생수를 즐겨 사 먹는 중이다. 그렇게 생수를 자주 사 마시다 보니, 재활용할 겸 그 생수통을 물병처럼 쓰곤 한다. 그런데 또 그러다 보니, 다른 곳에서 물을 담아와서는 그 물을 또 스타벅스에서 마시고 주문을 안 하게 되는 경우도 생겼다. 그런 나의 얘기를 듣고 친구는 말한다.

"스벅 기생충이냐!?"

그러든 말든 난 합법적이기에 아랑곳하지 않았다. 왜냐하면 스타벅스는 오 픈마인드 정책을 이용해 고객들이 집처럼 편안하게 드나들게끔 유도하기 때 문이다.

그러던 어느 날, 생수 리필하는 짓을 그만둬야겠다는 생각이 들었다. 그날 도 스벅에 들어가 공부 테이블의 한자리를 꿰차고 앉아 있었다. 음료를 안 시 켜도 되기 때문에 굳이 그럴 필요는 없었는데, 왠지 구색을 갖출 겸 리필된 생수통을 꺼내놓고 싶었다. 그런데 그때 주위 사람들을 의식하며 눈치 보고 있는 내가 보였다. 그때 나는 '꺼낼까, 말까, 꺼낼까, 말까…'라며 갈등하고 있 었다.

잘하다가 왜 지금은 신경이 쓰이는 걸까? 가만 생각해보니, 공교롭게도 그 날은 배달의 민족에서 배달료를 더 얹어주는 피크타임 할증 프로모션이 있 었던 터였다. 4시간을 일하고 단숨에 10만 원이라는 거액을 벌고 나서, 스벅 에 들렀던 것이다.

그렇다. 사실 내가 생수 하나 사 마실 형편이 안 되는 가난한 상황이 아니 었다. 하도 가난과 비(非)가난의 살림을 왔다 갔다 하다 보니, 헷갈렸던 것이다. 지금 나는 돈을 꽤 벌고 있는 입장인데 합법적인 무료 이용을 하려고 하니, 그 상황에 스스로 나 자신이 구차해짐이 느껴졌다. 실제 내 형편에 맞지 않는 고집스러운 행동은 나 스스로를 작게 만드는 일이라는 생각이 든다.

절약이라는 키워드를 고수하다가 나도 모르게 수전노가 돼버릴 뻔했다. 가끔 그렇게 늘 하던 대로 한 가지만을 고집부리는 경우가 종종 있다. 『논어』에 다음과 같은 말이 있다.

子絶四(자절사) 毋意(무의), 毋必(무필), 毋固(무고), 毋我(무아).
공자께서는 네 가지가 없으셨다. 사사로운 뜻, 꼭 해야 하는 것, 고집부리는 것, 자기를 내세우는 것이 없으셨다.

- 『논어』 「자한」

공자께서는 이런 네 가지의 폐단을 하지 않으신 게 아니라, 아예 없는 경지였다고 과거 학자들은 해석했다. 그래서 절(絶)이라는 한자를 '없으셨다'로 해석한 것이다. 과거 학자들은 공자님이 태어날 때부터 성인이셨다고 가정하기를 좋아했다. 이 사실을 공자님이 아신다면 과연 좋아하실까?

나는 절(絶)이라는 글자를 기본 뜻으로 살리고 싶다. 그것이 공자를 우리 옆으로 더 가까이 다가오게 하는 일일 것이다. 없는 경지에 이르려면, 끊어 없애는 중간 과정이 필요하다. 그래서 끊을 절(絶)이라는 한자가 들어간 것이 아닌가 싶다. 그래서 나는 '끊어 없애셨다'로 해석하고 싶다.

또, 이 네 가지는 단계적으로 순서가 있는 것이다. 처음에는 바르지 않은 사사로운 뜻을 품고(意), 반드시 그러려고 굳게 품어 행하고(必), 거기에 매달려 고집부리다가(固), 결국 새로운 '또 하나의 나(我)'라는 것이 내 안에 자리 잡는다는 것이다. 그렇게 만들어진 '또 하나의 나'를 여기저기 내세우게 되면 현 공간의 룰과 새로워진 나의 상황을 고려하지 못하게 된다. 그러한 '나'를 다른 곳에서도 정해진 모범 답안처럼 생각하고 행동하는 것이다.

네 가지를 끊어 없애셨던 공자님과는 달리 나는 아직 네 가지를 고루 갖춘 평범한 사람에 불과하다는 걸 깨닫는다. 늘 현 상황을 다시 돌아봐야 함을 깨닫는 계기가 되었다.

이거 받아도 되는 거예요?

2017년 겨울, 문래동에서 사주 전문가로 활동 중인 아는 형의 의뢰를 받고, 그곳에서 장자 강의를 했던 적이 있다. 주제는 장자에 나오는 두 캐릭터인 '섭공자고와 지리소'의 비교였다. 캐릭터의 특징으로 다시 구분한다면, '생각이 많아 걱정과 불안에 휩싸인 섭공자고'와 '심플한 생활의 지리소'라고도 할 수 있다. 이 글은 지리소를 닮지 못해 섭공자고처럼 이런저런 생각이 많은 나를 캡처해 본 것이다.

2019년 8월의 어느 날, 밤 9시가 넘어 대학로 KFC에 갔다. 배달일을 하다가 그쯤 되면 KFC의 치킨 1+1 이벤트가 생각나기 때문이다. 치킨을 뜯으며 잠시 쉬는 시간을 즐기다, 콜 하나를 잡았다. 밖으로 나와 출발하려고 시동을 건 순간, 마침 고객센터에서 톡이 왔다.

"고객님이 배달 지연으로 취소한다고 하시네요. 픽업 완료 누르시면, 취소 진행하도록 하겠습니다."

배차 시스템상 픽업 완료를 누르면 배달료 3,500원이 나에게 들어오는 구조다. 그래서 고객센터 상담원은 나에게 픽업 완료를 먼저 누르라고 한 것이다. 순간 눌러야 하나 말아야 하나 망설여졌다. 가려고 마음먹고 시동만 건 상태인데, 이걸 받아야 할까 말아야 할까….

일단 하라는 대로 픽업 완료를 눌렀는데, 이런 걸 도덕적 해이라고 하는 게 아닌가 싶어, 일하는 1시간여 동안 마음이 찝찝했다. 마침 지나가는 길에 아이스크림 할인 전문점이 있어 아이스크림을 하나 입에 물고 찝찝한 마음을 달래던 도중, 『장자』에 나오는 '지리소'라는 사람의 이야기가 생각났다.

지리소는 장애인이다. 그런데도 자기 할 일을 찾아 나선다. 자기 몸에 맞는 일을 찾는 것이다. 가만히 앉아서 빨래를 하고, 가만히 서서 곡식 키질을 한다. 이런 일들이 자기 몸에 맞는 것이다. 또, 그의 수입이 보통이 아니다. 자기 먹고살 만큼은 충분히 벌고, 또 대여섯 식구를 먹여 살릴 만한 정도다. 장애 있는 몸에도 불구하고, 그런 경제력을 갖추고 있다.

당시 전쟁에 남자들이 징집되어 끌려갔지만, 지리소는 장애인이라 면제였다. 하지만 '미안하니까 가서 빨래라도 빨겠다.'라는 말은 하지 않는다. 또 나라에서 지원하는 곡식과 장작 등의 혜택도 다 받아간다. '미안하니까 나보다 못한 사람들에게 줘라.', '내가 받아가도 되나?' 하는 자의식의 도덕적인 세계

나는 고전 읽는 배달라이더다

관이 없다. 그는 그렇게 자신에게 주어진 상황 안에서 선택을 할 뿐이다. 그 선택에 있어 남의 시선 따윈 아랑곳하지 않는다. 남들이 징집되어 끌려가거나 말거나 자신은 징집 대상이 아니기에, 그들 사이를 지나갈 때도 팔을 걷어붙이고 당당히 다니면서 자기 할 일을 할 뿐이다.

그럼 내가 받은 3,500원이라는 꿀은 도덕적으로 합당한가, 합당하지 않은가? 이런 걸 따지는 것 자체가 지리소에게는 아무 의미가 없는 것이다. 그는 그런 자의식의 도덕에 맞춰 자신의 행동을 결정하지 않는다. 그냥 자신에게 주어진 조건 안에서 선택을 할 뿐이다.

아마도 고객센터 상담원은 룰에 맞춰 나에게 픽업 완료 해달라고 말했을 것이다. 룰이 그렇다면 그 룰은 어디까지를 배달료 할당으로 칠까? 바퀴를 움직이기까지 한 상태? 아니면 가려고 콜을 잡은 그 상태? 아니면 그냥 내가 불쌍해서 한몫 챙겨주려던 천사 상담원이었을까?

자의식 없는 지리소를 생각하면서도, 나는 여전히 아이스크림을 먹으며 또다시 자의식의 세계로 들어가려 한다. 나는 지리소를 닮지 못해, 이런 의문들이 계속해서 떠오르기만 할 뿐이다. 그래서 지인 라이더에게 톡을 날렸다.

"이거 받아도 되는 거예요?"

"저라면 올레~~ 하죠. 돈이 들어오는 거니! ㅋ"

그분은 나처럼 이런저런 의문이 없었다. 지리소가 동화 속에만 존재하는 것은 아닌 듯하다.

신중히 앞뒤로 생각하고 행동하자

2019년 9월 즈음 『주역』을 읽고 있었다. 『주역』은 간단히 말하면, 시시각각 변하는 상황에 어떻게 대처해야 하는가를 말해주는 고전이다. 그래서 그랬는지 맹자도 "그때는 그때고 지금은 지금이다."라는 말을 남겼다. 계속 변화하는 상황에서 한 가지 방식만을 고수할 수는 없는 것이다.

배달일을 하는 것도 이와 같다. 콜을 잡고, 또 잡을 때마다 동선은 수시로 변한다. 어떤 순서대로 처리해야겠다는 생각을 하고 있는데, 새로운 콜이 추가되면 업소 위치, 배달지 위치, 음식 조리 시간 등이 다시 끼어들기 때문에 짜인 동선을 재구성해야 한다. 또 그렇게 동선을 짰더라도 눈앞에 걸린 신호등 불빛에 맞춰, 동선을 다시 바꾸기도 한다. 그야말로 수시로 변하는 것이다. 그래서 그런지 콜을 다섯 개 이상 들고 있으면, 머리를 굴리느라 뇌수가 말라가는 느낌이 든다.

어느 날, 생각 없이 막 누르다가 동선이 동서남북으로 꼬인 적이 있었다. 원래 콜을 잡을 때는 동선을 가급적 한두 방향으로 가지런하게 잡아야 하는데, 그러지 못한 것이다.

그러다 결국 문제가 생겼다. 콜을 추가로 잡을 때마다 어느 한 가게 주문을 자꾸 뒤로 미룬 것이다. 그래도 일단 그 주문의 배달지가 바로 앞 2분 거리여서, 픽업을 늦게 해도 큰 무리가 없을 거라는 판단이 섰다. 그래도 한편으로는 픽업이 너무 늦어, 업소 주인의 컴플레인이 있을 것 같은 느낌이 들었다. 먼저 픽업할까 했지만, 주문 한 개 때문에 번잡하고 어지럽게 돌아다니고 싶지 않은 마음이 더 컸다. 그렇게 콜을 처리하며 엘리베이터를 타고 내려오는 중에 고객센터에서 톡이 왔다.

"업소에서 늦은 픽업으로 화가 나셨는데, 초강성이십니다. 우선 처리 부탁드립니다. ㅠ"

드디어 『주역』의 산풍 고(山風 蠱) 괘를 만난 것이다. 이 산풍 고 괘는 '산 아래에 바람이 불어 상황이 뒤얽혀버렸다'라는 뜻이다. 하지만 상황을 만날 때마다 1차원적으로 즉각 반응하기를 즐기던 나이기 때문에, 난 바로 심기가 불편해졌다.

'아니, 이 음식 하나 따위 가지고 감히 나에게 화를 내는 거야? 다 사정이

있으니까 늦게 가는 거지. 그걸 이해 못 하고…'

그리고 엘리베이터를 타고 내려오며 이 상황을 어떻게 처리해야 할까 고민했다. 그 가게 주인이 나한테 직접 불만을 표하면, '그냥 배달을 가지 말까? 아예 왕창 늦게 갖다 줘버릴까?' 하며 최대한 골탕 먹일 거리를 찾고 있었다. 하지만 시간이 멈춘 것 같은 엘리베이터 안 특유의 그 고요함은 곧 이런 상황이 오게 된 원인을 내 머릿속에 떠올리게 했다.

그 고요함 덕택에 산풍 고 괘의 '선갑삼일 후갑삼일(先甲三日 後甲三日)'에 접어든 것이다. 이 말은 상황이 헝클어진 흐름을 따져보고, 이 상황을 해결할 방법을 가정해본 후에 그로 인해 또 어떤 상황이 펼쳐질지를 다시 시뮬레이션해보라는 뜻이다.

그 고요함 안에서 나는 내 동선 편하게 하자고 이 주문을 자꾸 뒤로 미루었던 내 이기적인 행동이 떠올랐다. 역시 아까 먼저 처리했어야 했다는 후회가 밀려왔다. 어느 정도 예상이 되는 불길함을 계속 들고 있었던 것이다. 이런 생각이 들자, 뭔가 좀 미안해지기 시작했다. 어찌 됐든 픽업하러 가서 죄송하다는 말을 해야지 싶었다.

또, 차후에는 일찍일찍 픽업하러 와서 이 사건으로 잃은 내 신뢰를 회복해야겠다는 생각이 들었다. 그래야 차후에 혹시나 또 우연히 이런 일이 발생했을 때, 죄송하다는 말로 그냥 좋게 넘어갈 수 있는 원만한 관계가 될 수 있기 때문이다.

그러므로 산풍 고 괘의 어지러운 상황을 만났을 때는 낮추면서 더는 나아가지 말고 신중히 생각하고 행동해야 한다. 그러면 어지러운 상황을 만났다 하더라도 크게 형통한 방향으로 나아갈 수 있는 것이다. 당장 눈앞에 닥친 상황을 모면해보려는 생각에 연연해서, 앞을 돌이켜보고 뒤를 시뮬레이션 해보지 못하는 '멍청함'을 범하면 안 되는 것이다.

나는 고전 읽는 배달라이더다

더 먹어 더, 안 그럼 죽어

2019년 10월. 오늘도 서울대병원 식당에 갔다. 여기는 이 건물 저 건물에서 배민을 자주 이용하는 단골들이 많은 편이다. 점심시간만 되면 병원 곳곳에서 주문이 쇄도하기 시작한다. 또 다 같이 드시느라 10만 원에 육박하는 음식량을 시키시는 분도 있다. 그래서 요령이 생긴 나는 가급적 점심 피크 때 서울대병원 콜을 경계한다. 5만 원 이상 많은 음식을 주문했거나 병원 본관에서 주문한 콜은 잡지 않는다. 왜냐하면, 음식량이 많으면 조리 시간이 오래 걸리는 데다 무겁기까지 하고, 또 본관 엘리베이터는 사람이 붐벼 시간이 오래 걸리기 때문이다.

그렇지만 종종 점심 저녁은 서울대병원에 가서 먹는다. 환자가 있어서 그런지 알찬 구성에 맛도 강하게 하지 않아 내 입맛에 맞아서다. 그리고 가격도 4,800원으로 저렴하다. 그래서 오늘도 대학로에서 일하다 한가해져, 저녁을 먹으러 병원 식당에 간 것이다.

줄 서 있는 사람이 없어 여유롭게 배식을 끝마칠 때쯤, 환자복을 입은 할아버지 한 분이 느린 걸음으로 몸을 끌며 걸어오셨다. 그런데 이 할아버지는 배식을 역주행하셨다. 배식 아주머니들이 저쪽에서부터 하셔야 한다고 말해도 할아버지는 안 듣고 싶은 건지 못 들으시는 건지, 그렇게 할머니 한 분과 함께 역주행을 끝마치셨다.

뭐 어차피 배식하는 사람도 없고 하니, 정해진 룰을 어기고 반대로 역주행하셔도 뭐 괜찮지 않나 싶은 생각이 들었다. 나도 한가한 일방통행 길을 역주행할 때가 있어서다. 하지만 배식 아주머니와 자동차 운전자들은 그런 질서 위반을 불편하게 생각하는 듯하다. 실질적 피해는 없지만, 잘 지키며 살아가는 모범시민들의 심리를 불편하게 만들기 때문이다. 개인적으로 실질적 피해만 없으면 그만이라고 생각하지만, 요즘은 룰에 맞춰 살아가야 하지 않나 싶은 생각이 든다.

어쨌든 그런 할아버지를 보며 나는 슬며시 혼자 미소를 짓고는, 한적한 자리에 앉아 식사를 시작했다. 그런데 그 역주행 할아버지와 할머니가 내 앞자리에 앉으셨다. 사람은 두 분인데 식판은 하나였다. 바로 할아버지 저녁밥이었다. 그런데 할아버지는 좀 드시더니, 먹기 싫다며 숟가락을 놓으셨다. 오늘 밥은 없던 입맛도 돋우는 곤드레밥에 간장 기름과 빨간 양념의 고등어조림인데도 드시는 게 영 신통치 않으셨다. 그러자 할머니가 말씀하셨다.

나는 고전 읽는 배달라이더다

"더 먹어 더, 안 그럼 죽어!"

짧고 강렬한 한마디에 오히려 내가 흠칫 놀라긴 했지만, 듣는 둥 마는 둥 하시는 할아버지는 그렇게 한두 숟갈을 더 드시고, 또 안 드시고의 반복이었다. 계속되는 할머니의 재촉에 그 행동을 반복하시다가, 결국에는 그냥 의자에서 일어나 뒤에 서 계셨다. 그러자 할머니는 자기도 먹기 싫은데 이렇게 먹지 않냐며 밥 먹는 시범을 보이셨다. 그래도 할아버지는 앉을 생각을 하지 않고 의자를 짚고 서 계신다. 할머니는 포기하신 듯 그렇게 마저 식사를 마무리하셨다. 식사가 끝나자, 할아버지는 오셨을 때처럼 다시 식판을 들고 느린 걸음으로 퇴식대를 향해 걸어가셨다. 아파서 느린 걸음으로 걸으시는 할아버지가 몸소 식판을 들고 가시는 뒷모습을 보니, 내 머리에 생각이 스쳤다.

'혹시 밥이 맛있어서 안 드신 건가?'

할아버지의 밥투정은 병간호하느라 힘든 '당신의 손을 잡고 함께 살아가겠다'는 할머니에 대한 마음이었던 것이다. 아래 시 화자의 마음과 같다.

執子之手(집자지수), 與子偕老(여자해로).
그대의 손 잡고, 그대와 해로하자고 하였노라.
- 『시경』「패풍 격고」

우리가 흔히 결혼식 할 때 쓰는 백년해로라는 말의 원 출전이 바로 저 시이다. 함께 늙어가겠다는 '해로(偕老)'라는 말 두 글자에 이미 평생이라는 시간적 개념이 들어 있는 것이다. 이렇게 우리가 일상생활에서 흔히 쓰는 말들의 뿌리는 사실 고전에 이미 다 나와 있는 것들이다. 3천 년이나 된 오래된 고전을 읽다가 지금도 일상에서 쓰이는 글자를 만나면 기쁘다. 이렇게 글자의 뿌리와 만나는 것도 고전을 읽는 하나의 매력일 것이다.

각자 할 일을 할 뿐

2019년 11월. 한겨레신문 구독을 신청했다. 집주인 아저씨의 조중동 사상에 맞서기 위해 한겨레를 신청한 것은 아니고, 상우 학당 선생님께서 한겨레신문에 나오는 좋은 글을 자주 추천해주셔서다. 더불어 새벽 아침의 부지런함을 선물해주시는 신문배달원의 근면함을 이어받기 위해서이기도 하다.

신문이 배달 오는 새벽쯤에 맞춰 일어나, 전부터 꿈꿔오던 '새벽에 일어나 밤에 잔다'는 동양 정신의 핵심 테마인 '숙흥야매(夙興夜寐)'를 실천해본다. 그래서 새벽 5시에 일어났다. 하지만 매일 무료로 넣고 가는 서울신문만 오고, 한겨레신문이 오지 않았다. 한겨레 배달원의 조금 덜 부지런함에 아쉬워하며 다시 잠이 들어버렸다.

오늘 오전은 비가 내린다고 예보가 되어 있다. 다시 일어나 마침 비가 내리지 않는 것을 보고, 잽싸게 오토바이를 타고 목욕탕에 가서 신문을 봐야겠다는 생각이 들었다. 그렇게 나의 일터인 대학로의 '불가마 사우나'를 방문했다. 낮에 낮잠을 잘 겸 방문했을 때보다 사람이 많았다.

탕 안에 물소리만 울려 퍼지는 그 고요함은 언제 들어도 내 마음을 편하게 해준다. 여탕은 모르겠지만, 남탕은 언제나 고요하다. 사람이 좀 있지만, 언제나처럼 우리는 각자 할 일을 할 뿐이다. 머리만 빼꼼히 내밀고 있어 나를 내심 놀라게 하는 백발 할아버지, 스마트폰에 물이 튀길까 봐 한쪽 구석에 뒤돌아 앉아 있는 아저씨, 그리고 이들을 지켜보고 있는 내가 있다.

온탕에 몸을 푹 담그니, 그 안락함과 시원함에 나도 모르게 신음이 흘러나왔다. 이에 동조하듯, 탕 밖에 계신 아저씨는 지나가며 자기만의 감탄사로 화답한다. 마치 바람이 불면 저마다의 생명체들이 자기만의 울음소리를 내듯이.

다들 각자 할 일을 하는 동안, 내 눈은 넓은 냉탕을 두르고 있는 해변의 풍경을 본다. 해변에 야자수 나무가 두어 개 심어져 있고, 한 커플이 아랫도리 수영복만 입은 채 어깨동무를 하고 뒤돌아서 있는 그림이다. 그래도 남자보다는 여자의 상체에 더 눈길이 가는 건 내가 수컷으로 태어났기 때문일 것이다.

탕 밖에서는 귀찮지만 그래도 먹고살기 위해 남의 때를 밀어주고 계시는

나는 고전 읽는 배달라이더다

아저씨와 사우나를 들락날락하는 아저씨 등 여러 사람이 모여 있다. 하지만 우리는 서로를 모른다. 누구 사정이 어떠하고 어떠한지 알고 있는 일은, 때로 피곤한 일이다. 같이 기뻐하고, 슬퍼하고, 위로하는 일을 개인적으로 잘 하진 않지만, 좀 하고 나면 가끔 피곤해짐을 느낀다. 그럴 때, 이렇게 서로 모른 채 자기 할 일을 하는 목욕탕은 서로의 일에 간섭하지 않는 편안함을 느끼게 해준다. 그 편안함을 장자는 말한다.

泉涸(천후) 魚相與處於陸(어상여처어육), 相呴以濕(상구이습), 相濡以沫(상유이말). 不如相忘於江湖(불여상망어강호). 與其譽堯(여기예요) 而非桀也(이비걸야), 不如兩忘而化其道(불여양망이화기도).

샘물이 마르면 물고기들은 땅바닥에 남겨져, 입김을 불어 서로 적셔주고, 거품을 내서 서로 적셔준다. 그러나 그것은 강이나 호수 속에서 서로를 잊고 지내는 것만 못하다. 요임금을 찬양하고 걸왕을 비난하기보다는, 두 가지를 다 잊어버리고 자연의 질서인 도(道)에 동화되는 것만 못하다.

- 『장자』「대종사」

장자의 말은 과감하다. 그래서 정치적인 이해관계에 묶여 있는 사람이 들으면 반발이 있을 수 있다. 하지만 정치에 무관심한 사람이 들으면 맞는 말이라고 할 것이다.

'물고기들이 마른 땅바닥 위에서 서로를 걱정하며 입김을 불어주고, 거품을 내어 적셔주는 행위'는 우리가 옆 사람과 함께 감정을 공유하며 안쓰러워하거나 도와주려는 행위를 빗댄 것이다. 그러기보다는 그냥 목욕탕 안처럼 서로의 사정을 모른 채, 살아가는 것이 낫다고 장자는 말한다.

'요임금을 찬양하고 걸왕을 비난하는 것'은 정당을 집어넣으면 이해가 쉽다. 여당을 찬양하고 야당을 비난하는 것, 또는 야당을 찬양하고 여당을 비난하는 것 등, 이 양쪽의 일들을 다 잊고 홀연히 도와 하나가 되어 살아가라는 말이다. 왜냐하면 사람들이 편 나눠서 더 나은 방향이 있다고 떠들어대면서 날고 기는 재주가 있다 해도 어차피 자연의 큰 흐름인 도(道)에서는 벗어날 수 없기 때문이다. 그러니까 자잘한 인간 세상의 흐름보다는 그 큰 흐름과 하나가 되어 살아가라고 장자는 말하는 것이다.

그 큰 흐름과 하나가 되었던 편안함을 마치고, 가져온 신문을 정독하며 남들 세상사에 관여해본다. 사실 정치가 이렇든 저렇든, 나라 경제가 이렇든 저렇든, 배달하며 먹고사는 데는 사실 아무 지장이 없다. 개인적으로 경제가 좋을 때라는 것은 존재하지 않는다고 생각한다. 혹 좋더라도 배달일로 집을 살 기회는 평생 없을 것이다. 또 나는 지켜야 할 땅과 재산도 없기에 나라 걱정은 내 할 일이 아니다. 나라가 없어지면 가장 아쉬워할 사람은 가진 자들이지, 적어도 나는 아니기 때문이다.

세상사를 모른 채 그냥 각자 할 일을 하는 게 가장 좋지만, 가끔은 옆 사람과 '재미 삼아' 떠들어볼 요량으로 세상의 소식을 좀 알고 지내는 게 낫겠다는 생각이 드는 요즘이다. 사람들과 떠들 때는 이런 공통 감각이 필요해서다.

지나친 신중함

2019년 12월. 비가 부슬부슬 내리는 일요일이었다. 비가 오면 배달 건당 500원을 더 주어 기본 배달료가 5,000원부터 시작한다. 평소에는 동시에 잡을 수 있는 콜 개수가 두 개까지지만, 비가 오는 날이면 세네 개까지 늘려준다. 그럼에도 불구하고 나는 별로 하고 싶은 마음이 없어, 비가 오기라도 하면 얄밉게 곧장 퇴근하고, 개인 공부 일정을 잡는 편이다.

그런데 그날은 비가 가볍게 내리기만 해서, 그냥 하다 보니 계속하게 되었다. 겨울비가 가볍게 내려주는 날은 습기가 없어 땀에 찌들 일이 없고, 또 비가 와서 주문량이 많아져 나름 대목이라고 할 수 있다. 또, 나처럼 비만 오면 나오지 않는 라이더가 많아, 콜이 많이 밀리는 편이다. 게다가 오래간만에 하는 수중전은 나름 또 묘미이기도 했다.

그렇게 적절한 환경으로 대목을 맞아 최고 수익을 올릴 수 있는 날임에도 불구하고, 나는 최고 수익을 올리지 않는 고질병이 있다. 10만 원을 벌면 너

나는 고전 읽는 배달라이더다

무 많이 벌어서 그만하고 쉬어야 할 것 같은 느낌이 들기도 하고, 또 퇴근해야 할 것 같은 느낌이 들어 일을 오래하지 못하는 편이다.

비를 맞으며 콜의 삼매경에 빠져 있다가 문득 20만 원가량의 높은 수입을 확인하니, 일을 그만해야 할 것 같았다. 그때 역시나 밥 생각이 나서 근처 업소 중에 치즈 밥집을 갔는데, 문이 잠겨 있었다. 때마침 아주머니가 볼일 보러 어디 가신 것이다. 또 생각을 한참 하다가, 다른 업소 중에 갈비탕을 맛있게 하는 곳에 가려고 달리던 찰나 꿀콜이 떴다. 이 콜은 차마 잡지 않을 수 없는 꿀콜이기에, 내 손가락이 그에 반응했다.

그 콜을 시작으로, 나는 끊임없이 이어지는 콜의 세계로 다시 들어가버리게 되었다. 콜의 회전목마 속으로 한 번 들어가는 것은 마치 마약과 같아서, 콜의 이어짐이 끝나기 전까지 제정신이 돌아오지 않기도 한다. 그러다 수업이 있었다는 것을 나중에야 알았던 적도 있다.

그렇게 나의 밥때가 지나가버려, 배달 중 몇 분의 틈새 시간에 편의점에서 삼각김밥을 먹으며 본의 아니게 삼각김밥 투혼을 불사르게 되었다. 20만 원이 넘어가니, 이왕 넘은 김에 30만 원까지 하고 싶었다. 그렇게 돌고 돌다 결국 40만 원을 넘기고 말았다. 14시간 남짓 달리고 달려, 70건이라는 개인 신기록을 달성해버렸다. 예전부터 아는 동생이나 형들이 그 정도 했을 때 '인간이 하루에 그렇게까지 할 수 있나?'라는 생각에 갸우뚱하기만 할 뿐이었다. 내가 하루에 콜을 많이 치지는 않지만, 시간당으로 계산하면 나름 남들이 우러러볼 정도의 시간당 콜 효율을 내는 경력자이긴 하다.

아는 형이 평소에 "너도 길게 하면 그 정도 콜은 칠 수 있잖아. 우리 정도 짬이면 그 정도는 해줘야지."라고 했지만, 내가 실제로 그렇게까지 오래 해본 적이 없어 귀에 들어오는 말은 아니었다. 그럴 때마다 나는 "아니야, 나는 그렇게까지 해봤던 적이 없어."라며 겸손히 사양하는 말을 하곤 했다.

이미 시간당 배달 효율은 그 정도를 넘어서지만, 하루가 공부 스케줄과 맞물려 돌아가기 때문에 실제로 그렇게 많은 콜을 쳐본 적이 없다. 그래서 겸손히 사양했던 것이다. 그래서 수입이 늘 200만 원을 좀 넘는 수준에 머물러 있을 뿐이었다.

그런데 얼떨결에 막상 70건을 찍고 나니, 힘은 안 들고 오히려 몸이 가벼워지는 상쾌함이 느껴졌다. 70건 달성이 현실이 되니, 나도 할 수 있다는 것을 알 거 같았다. 하지만 역시 손쉽게 벌 수 있는 이런 대목이 아니고서는 무리하게 하고 싶지는 않다.

어쨌든 시간당 많은 콜을 처리하는 나를 보고, 형님들이 다 너도 그 정도는 할 수 있다고 옆에서 말해도, 나는 실제로 그렇게 많이 해본 적이 없어 늘 긴가민가하며 갸우뚱거렸다. 그럴 거 같긴 하지만, 실제로 그러한 사실이 없어서 신중한 자세를 취하며, 아닌 걸로 결론지어버리는 '지나친 신중함'이 있던 게 사실이다.

그런 지나친 신중함은 오히려 나를 자꾸 나아가지 못하게 만드는 부작용을 초래한다. 자꾸 자신을 낮은 위치에 있게 만드는 요인인 것이다. 자꾸 밑으로 구부리려 하지 말고, 곧게 펴야 한다. 그래서 공자님은 다음과 같은 말씀을 남겼다.

子曰(자왈) 愼而無禮則葸(신이무예즉사).
공자께서 말씀하셨다.
"신중하지만 예가 없으면 두렵다."

- 『논어』「태백」

여기서 예(禮)는 인(仁)과 더불어 공자의 핵심 사상이다. 예는 절문(節文)이고, 절문은 등급에 맞는 꾸밈을 말한다. 등급은 여러 곳에 적용될 수 있는데, 사회에서의 위치, 일에서의 위치, 가정에서의 위치이기도 하다. 그렇게 각 등급의 위치에 걸맞은 적당한 꾸밈이 필요하다는 말이다.

너무 신중하고 조심스러워만 해서 경력자의 등급에 맞지 않게 꾸밈없이 너무 뒤로 빼다 보면 점점 겁을 집어먹게 돼, 두려워 나아가지 못하고 도로 후퇴하게 되는 것이다. 차라리 남이 말하는 목표치에 한술 더 떠서 그렇게 돼보려고 노력하는 것이 더 나을 성싶다. 거기에 달성하지 못하는 부끄러움을 당하는 게 차라리 더 낫다. 부끄러움은 당하겠지만, 성장 속도는 빠를 것이다.

배달은 과한 목표치를 잡으면 몸이 위험하기에 그럴 필요까지는 없지만, 자신이 좋아하는 일에 있어서 과한 신중함으로 구부리지 말고 오히려 더 곧게 펴서 더욱 나아가려 해야 하는 것이다.

마트로 직행하는 패기

황학동 B마트 전담 라이더가 되어, B마트 주문 건을 중심으로 콜을 빼고 있는 요즘이다. 대학로에서 매의 눈으로 콜을 잡아, 분주하게 콜을 처리하며 다니던 때와는 좀 다르다. 그때는 택시처럼 대중없이 다녔지만, 지금은 버스 종점처럼 다시 돌아가야 할 마트가 있다.

대학로 주거지에서 주문하는 콜이 많아서, 주로 대학로행 콜을 한꺼번에 잡아 한 번에 뿌리는 식으로 수입을 올리고 있다. 배달 동선이 복잡하게 얽히지 않으니, 대학로에서 음식 배달을 할 때보다 느긋하고 수입은 더 빠르게 올라가는 달콤한 시기를 보내는 중이다.

오늘도 어김없이 대학로행 콜을 한꺼번에 왕창 들고 이 집 저 집에 뿌리던 와중에, 마지막 한 곳의 주소가 수정되는 일이 발생했다. 성균관대 경영관 주문 건이었는데, 정릉동으로 주소가 수정된 것이다. 학생들이 저장된 주소를 확인하지 않은 채 시키는 경우가 있어서 가끔 일어나는 일이다. 하지만 정릉동은 우리 구역이 아니다. 북부센터 관할이다. 지도상으로 보면 근처인 거 같지만 15분이나 걸리는 꽤 떨어진 곳이기도 하다. 고객센터 상담원도 지도를 힐끗 넘겨보고서 가까워 보였는지 나에게 말했다.

"근처로 확인되는데 가능하실까요? 불가능하실까요? ㅜㅜ"

이런 상황을 대할 때면, 나는 종종 누가 어떻게 손해인지를 떠나서 일단 빠른 일 처리만을 생각하는 측면이 있다. 그렇게 따지면 자연스럽게 내가 가는 게 수월하다는 결론이 나온다. 또 마지막에 'ㅜㅜ'라는 동정 어린 이모티콘에 괜히 책임감이 느껴졌다. 보통은 그냥 가볍게 쓰는 채팅 용어지만, 나는 괜히 마음에 걸린다.

일에 있어서 늘 번개 같은 빠른 판단을 추구해왔던지라, 내가 짊어질 짐도 아닌 걸 짊어지는 일이 많았던 인생이었다. 하지만 요즘은 곰곰이 생각해본다. 잠깐의 생각이 상황 정리를 도와주기 때문이다. 선택에 앞서 30초 정도 가만 생각해보면 정리가 된다.

'저곳은 우리 구역이 아니라 가지 않아도 된다. 만약 내가 불가능하다고 하면, 분명히 이 물건은 마트로 회수가 될 것이고, 그쪽 북부센터 담당 라이더가 새로 정해질 것이다. 추가 배달료를 받고 정릉동까지 갈까, 회수 배달료를

받고 그냥 마트로 돌아갈까? 나는 어차피 마트로 가야 하므로, 회수배차를 받는 게 이익이 된다.'

이렇게 생각이 정리되자, 해야 할 말이 정해진다.

"힘들 것 같아요."

이렇게 생각하는 버릇을 들이기 이전에는 늘 누군가의 부탁을 거절하지 못하는 성격이었다. 남이 하는 부탁을 내가 감당해내야 할 운명처럼 생각 없이 받아들이며 살아왔다. 『논어』에 다음 구절이 있다.

子張問明(자장문명). 子曰(자왈) 浸潤之讒(침윤지참) 膚受之愬(부수지소) 不行焉(불행언), 可謂明也已矣(가위명야이의). 浸潤之讒(침윤지참) 膚受之愬(부수지소) 不行焉(불행언), 可謂遠也已矣(가위원야이의).

자장이 밝음에 대해 물었다. 공자께서 말씀하셨다.

"서서히 젖어 드는 참소와 피부에 와닿는 절박한 하소연이 통하지 않는다면, 밝음이라고 할 수 있다. 서서히 젖어 드는 참소와 피부에 와닿는 절박한 하소연이 통하지 않는다면, 멀리 본다고 할 수 있다."

– 『논어』 「안연」

위의 질문을 했던 자장은 공자의 제자다. 아마 자장도 남의 부탁을 잘 거절하지 못하는 성격이었던 듯하다. 공자는 그런 자장의 부족한 점에 비추어, 밝음에 대해 저렇게 정의해준 것이다. 이것은 공자의 특이한 대답 방식인데, 그 제자의 기질에 맞춰서 그 정의를 달리하는 것이다. 다시 말해, 자장이기 때문에 '밝음'에 대한 정의를 저렇게 해준 것이다.

나 역시 공자의 말처럼 남이 하는 참소와 하소연에 곧이곧대로 넘어가는 아주 쉬운 사람이었다. 참소와 하소연 수준이라고 할 것도 없이, 부탁하는 순간 바로 응하는 바보 수준이었다. 후에 상황상 힘들겠다는 걸 깨닫더라도, 그때 응했다는 책임감에 휩싸여 스스로 어떻게든 해결해나갔다. 그렇기에 나의 이런 성격을 곧잘 이용하던 사람도 알게 모르게 있었을 것이다. 나름 절박한 참소와 하소연의 모습으로 위장하고서!

낮 피크가 끝나고 저녁 피크를 준비하기 전에, 집이 있는 필동으로 돌아가 체력 보충을 했다. 쉬었다가 내려오는 길에 앱을 켜보았다. 필동에 들어온 주문 콜이 시간이 초과되어 급하다는 듯, 빨간색으로 변해 점점 익어가고 있었다. 왠지 상황상 지금 내가 빼지 않으면, 이 콜은 아무도 갈 사람이 없겠다는 판단이 들었다. 누가 하소연하는 걸 넘어, 상황상 혼자 또 곧잘 이런 책임감을 짊어지는 이상한 버릇이 있다.

하지만 가만 생각해보면, 나는 가고 싶지 않은 콜이기 때문에 선택하지 않을 수 있다. 주문이 취소되든 말든 내가 해야 할 의무는 없다. 급여제 직원이나 똥콜 전문 라이더들이 있기에, 내가 지나쳐도 어떻게든 해결될 거다. 고객님이 좀 늦게 받거나 취소할 수도 있지만 이 한 콜에 연결된 그 이해관계들을 내가 애써 챙겨야 할 필요는 없다.

예전에 이런 콜들을 못 지나치는 마음에 자선해서 열심히 처리하던 동료가 있었다. 그런데 추후에 이런 의무감이 아무 쓸모없다는 걸 알고서 후회하며 남긴 말이 있다.

"이 바닥은 내가 아니면 안 된다는 생각이 1도 필요 없어."

그렇게 나는 마트 전담 라이더답게 과감히 마트 꿀콜을 잡고 필동을 외면했다. 그러고 나서 동료들과 수다 떠는 단톡에 메세지를 날렸다.

"김치만 선생과 눈 내리는 집 콜을 버리고, 마트로 직행하는 패기!"

큰형님은 이에 응답한다.

"패기 아주 좋아. ㅎㅎ"

이 패기라는 말은 큰형님이 종종 즐겨 쓰시는 말이다. 새벽 4시까지 술을 먹고 찜질방을 나와 해장하던 중에, 형수님께서 생존 확인차 아침부터 전화하셨던 적이 있었다. 하지만 형님은 잠시 생각하신 후, 지금은 받을 때가 아니라고 판단하셨는지 과감히 받지 않으셨다.

"병선아 봤어? 형수 전화 안 받는 거? 형 패기 대박이지?!"

공자가 말한 '밝음(明)'과 '멀리 봄(遠)' 안에는 과감히 행동으로까지 옮기는 행동력, 즉 패기까지가 들어가 있다고 보아야 한다. 판단만 하고 마음이 약해 우물쭈물하면 안 되는 것이다. 잠깐의 시간을 들여 밝은 판단력으로 멀리 보아, 패기 있는 행동까지!

꿀콜 중독

아침 일찍 일어나 스케줄을 확인한다. 10시부터는 '삼경스쿨' 세미나가 있다. 그러면 배민은 9시부터 시작이니까 두세 개 정도의 콜은 뺄 수 있다. 나는 이렇게 빈 시각을 꽉꽉 채우는 걸 좋아한다.

남의 아침밥을 챙겨주기 전에, 일단 속 편한 누룽지로 내 아침을 채운다. 9시쯤 되어 폰을 켜서 운행 시작을 누르니, 아침부터 신당동 떡볶이를 주문하신 분이 계셨다. 시간이 없어, 이리 재고 저리 재며 까다롭게 콜을 고를 여유는 없다. 그렇게 신당동 떡볶이를 전달하고, 다음 사람에게 한솥도시락을 전달하니, 10시가 되기 20분 전이다. 가는데 10분 정도 걸리고, 또 내가 오늘 발제를 맡았기 때문에 지금 가야 한다.

그렇게 마음을 먹고 학당이 있는 필동으로 가려는데, 때마침 B마트 꿀콜이 떴다. 학당이 있는 필동 바로 옆 장충동으로 가는 주문 건이었다. '아… 이걸 어떻게 하지?'라는 생각에 잠시 멈춰 섰다. 이 6천 원짜리 꿀콜을 버리고 어떻게 갈 수 있을까 싶었다. 가는 길이니까, 들고 가도 시간이 얼마 안 걸릴 거라는 생각이 꿈틀거렸다. 꿀콜 중독 증세가 나타난 것이다.

이 증상은 매우 심각해서 꿀콜을 보는 순간, 그동안 쌓여 있던 피로가 눈 녹듯 사라지는 일이 일어난다. 예전에 밤 9시쯤, 이제 그만하고 집에 가야겠다는 50대 초 큰형님을 새벽 1시까지 하게 만든 그 증상이다. 큰형님은 "퇴근하려고 하는데, 자꾸 손가락이 누르는데 어떡하지?"라고 하시며 그렇게 마감까지 하고 가셨다. B마트 콜은 없는 기운도 솟아나게 하는 특 꿀콜이다.

나 스스로 손가락을 억제하는 중에 '상황의 적절함'을 뜻하는 의(義)라는 한자가 머리에 떠올랐다. 그러자 꿀콜에 빠질 뻔한 나에게, 다시 객관적으로 지금의 상황을 바라볼 수 있는 입체적인 힘이 생기는 듯했다.

나는 오늘 10시에 세미나가 있고, 또한 발제자이기 때문에 늦으면 안 되는 것이다. 의(義)에 맞는 이런 객관적인 상황을 딱 세우고 그 콜을 다시 바라보니, 잡으면 안 된다는 결론이 맺어졌다. 공자의 가르침 중 '자기의 욕심을 버리고 객관적 예의범절을 따른다'는 극기복례(克己復禮)와도 통하는 말이다. 나의 욕심을 누르고 약속된 시간을 지키는 발제자의 역할로 돌아가야 한다.

나는 고전 읽는 배달라이더다

3장

평범한 사람들에게서
고전을 읽다

두 가지 색깔

태어나서 32년 동안 도봉구 토박이 생활만 했다. 그러다 보니 집 앞 피자헛에서 10년 정도 일했던 시절이 있었다. 그곳에서 함께 어울렸던 형 두 명이 있는데, 호칭을 '성실파 형'과 '실속파 형'이라 하려 한다. 둘 다 나보다 세 살이 많고, 둘은 우연히 군대 동기 간이기도 했다.

성실파 형은 숭실대 법학과를 졸업하고, 노가다로 보증금을 마련해서 월셋집 생활을 하고 있었다. 그 형은 어릴 적부터 락밴드 보컬을 꿈꿔왔다고 들었다. 어릴 때 TV에서 밴드 보컬을 보고서 확신했다고 한다. 그렇게 인생의 방향과 목적이 확실하고 명확한 형이었다. 그래서인지 날마다 우리의 아지트였던 성실파 형네 놀러 가면 락밴드 중에 퀸, 미스터 빅, 주다스 프리스트 등의 동영상을 자주 보여주었다. 그중에서도 그 형은 퀸을 가장 존경했다.

보컬은 몸 자체가 악기라면서 평일 새벽 4시에 일어나 우유 배달하며 가창 연습을 하고, 낮에는 헬스장과 사우나를 다니며 또다시 몸을 단련하며 하루

하루를 그렇게 강인하게 보냈다. 주말 낮에는 피자헛에서 주말 매니저로 분주히 일하며, 그렇게 쉼 없이 자기만의 알찬 일주일을 채우는 사람이었다.

헬스를 부지런히 오래 한 탓에 힘도 엄청났다. 헬스장에서 그 형이 하던 레그프레스 머신에 걸려 있던 무게를 내가 발로 밀어본 적이 있는데, 아무리 밀어도 미동조차 하지 않았다. 그 형의 꾸준한 성실함 덕분에 나 역시 헬스를 3년간 계속했음에도, 그 무게는 상당했다.

3년 후에는 내 체중이 60kg 중반에서 70kg 중반으로 바뀌어버렸다. 본래 나는 웬만해서 체중이 오르내리지 않는 체질인데, 그때 한 번 크게 바뀌어 지금도 계속해서 70kg 중반대를 유지하고 있다. 그 강렬한 성실함은 내가 지금까지 살아오는 데 있어 큰 목표가 되어버렸다. 성실함이라는 건 이런 것이라는 듯, 몸소 행동으로 보여주어 나에게 전염시킨 것이다.

또 다른 형은 실속파 형인데 현직 밴드 드러머였다. 실제로 홍대에서 인디밴드로 음반을 내고 공연 활동을 하던 형이었다. 대중적이지 않은 자기들만의 음침한 음색으로 음악을 했다. 하지만 보통 인디밴드들이 그렇듯, 그 밴드 역시 자기들만의 리그를 하다 저물었다.

이 형은 호랑이 같은 점장이 있던 시절에 성실파 형 소개로 왔다가 하루 해보고 이건 아니다 싶은지, 바로 그만두었다. 성실파 형과 내가 그 엄한 점장 밑에서 꾸지람을 들으며 재입대한 훈련병처럼 충성스럽게 일해 나간 거에 비하면, 이 형은 확실히 촉이 좋았다. 훗날 새로운 사장님으로 피자헛 주인이 바뀌고서야 할 만하다 싶었는지, 다시 일하러 오는 현명한 판단력을 보여주었다.

또 우리와 다르게 캐릭터가 참 특이했다. 몸이 무거워서 그런지 일단 움직이는 게 늘 느릿하고 안정된 걸음걸이였다. 일없이 다들 수다 떨며 놀고 있든 말든, 자신은 쉼 없이 느릿하게 꾸준히 움직이며 자기 할 일만을 했다. 회식도 거의 나오는 일이 없었다. 주로 주간에만 일했는데, 이유는 믿거나 말거나만 자신은 야맹증이 있어 밤일이 힘들다는 거였다.

일정 변동이나 연장 근무도 좋아하지 않았다. 정해진 요일에 정해진 시간을 하고 집에 갈 뿐이었다. 그러다 계약 기간 1년이 끝나면 일단 퇴사를 해서 퇴직금을 챙기는 노련함을 보여주었고, 후에 돈이 떨어지면 다시 돌아왔다. 제대로 자기 실속형 인간이었다. 그런 걸 보노라면 남들과 섞이려 하지 않고 힘든 저녁 피크시간을 피해 실속만 챙기는 형이라는 생각에 딱히 닮고 싶은 마음이 들지 않았다.

그렇게 두 분 중 한 분은 강한 자립심으로 둘째가라면 서러울 정도의 엄청

난 성실함을 보유했었다. 다만 현실 참여 없이 자기만의 노력에 충실하기만 했다. 또 한 분은 부모님의 잔소리와 무시에도 아랑곳하지 않고 자기 실속을 위해 계속 얹혀살면서, 현실 참여를 위해 자기만의 연습실과 인디밴드 활동을 이어가던 현직 드러머였다.

그 당시 나는 강한 자립심과 근면 성실한 형을 따랐다. 그 형님 덕분에 20대 후반의 나 역시 자립의 길로 들어설 수 있었고, 강렬한 근면 성실함을 배워 대학을 다니면서도 일과 공부를 무난히 병행했고, 지금도 그 효과는 여전하다. 하지만 이제는 내 생각과 맞지 않는 현실이라고 해서 홀로 자기만의 세계를 구축하기보다는 실속파 형처럼 주어진 환경 안에서 나 자신에게 실용적인 선택을 하고 싶다. 현실에 발맞추어 나아가는 '근면 성실한 실속형 인간'으로 살아가려 한다. 『논어』에 보면 다음의 구절이 있다.

子曰(자왈) 三人行(삼인행) 必有我師焉(필유아사언). 擇其善者(택기선자) 而從之(이종지), 其不善者(기불선자) 而改之(이개지).

공자께서 말씀하셨다.

"세 사람이 길을 가면 반드시 나의 스승이 있다. 그중에 선한 사람을 가려서 따르고, 선하지 않은 사람을 가려서 나의 잘못을 고쳐야 한다."

- 『논어』「술이」

『논어』에서 유명한 구절 중 하나다. 세 사람이 길을 가면 그중 한 사람은 자신이고, 나머지 두 사람은 선한 자와 선하지 않은 자다. 그런데 '나는 세 사람이 길을 간다'라는 말에 더 포인트를 두고 싶다. 선하지 않아 보인다고 해서, 관계를 끊으라는 말이 아니다. 그냥 그 상태 그대로 다 같이 길을 걸어갈 뿐이다. 절대적인 선이란 없기 때문에, 그 당시 나에게 필요한 것을 기준으로 좋은 것과 안 좋은 것을 가려서 선택할 뿐이다.

이 두 사람은 무념무상하고 무색무취했던 내 삶에 독특한 삶의 기준을 보여줬던 두 가지 색깔이었다. 왜 그런지 모르겠지만, 이제는 저게 좋고, 이게 안 좋아졌을 뿐이다.

그래도 은인이다

피자헛 초창기 시절에 호랑이처럼 군기 잡던 점장은 꾸준히 돈을 빼돌리던 게, 사장한테 걸려서 잘렸다. 그렇게 피자헛 매장도 다른 사람에게 팔리면서 사장도 바뀌었다. 이 사장님이 현재까지 점장을 겸해서 운영하고 계신다. 지금도 종종 본가인 도봉구에 갈 일이 있으면 한 번씩 들려 인사를 드린다.

내가 한창 일할 때, 사장님은 나에게 '이도사'라는 별명을 지어주셨다. 내가 독학으로 익혔던 사주 공부를 떠들고 다녀서인 거 같기도 하고, 또 내 생활이 신선놀음하면서 편히 사는 것처럼 보여서 그런 거 같기도 하다. 지금도 가면 가끔 그렇게 부르신다.

그런데 신기한 게 지금 일하는 배달의 민족의 어떤 형님도 나를 이도사라고 부른 적이 있었다. 남이 나를 어떤 호칭으로 부르는지에 대해 노(No)관심이라 기억을 잘 못 해 그런 말을 한 적이 없었는데, 졸지에 또 가끔 그렇게 불리기도 했었다. '내가 전생에 근두운 타고 다니는 도사였나?'라는 상상을 해보기도 하지만, 아마도 내가 지금 상황과 현실에 맞지 않는 뜬구름 같은 소리를 하고 다녀서 그런 것 같다.

사장님은 피자헛이 업계에서 정점을 찍으며 한창 잘나가던 때 넘겨받으시는 바람에 지금도 거기에 발이 묶여 계속 그 일을 하신다. 또 키워야 할 애들이 있기도 해서 겸사겸사 그냥 계속하고 계신다. 그래도 나와는 달리 고객 응대와 서비스를 매우 잘하시는 분이라 그런지, 프리미엄 이미지와는 거리가 먼 동네임에도 불구하고 특유의 노련함으로 매장을 유지하고 계신다.

또, 사장님은 늘 나라 걱정을 하시느라 정치색이 있으셨다. 이 코드가 성실파 형하고 맞아서 둘이 특정 정파를 노리개 삼아 자주 나라 걱정을 했다. 옆 사람들이 그러니, 나도 덩달아 나라 걱정을 많이 했다. 그래서 후원도 하고 집회에도 나가고 나름 열심이었던 때도 있었다. 그런데 지금은 달라졌다.

지금은 뭐 그러거나 말거나, 내 하루를 살아가느라 거기에 신경 쓸 여력이 없다. 이렇게 되든 저렇게 되든 나라만 안 없어지면 된다는 통 큰 생각을 하는 중이다.

사장님과 형은 함께 나라 걱정을 할 때는 죽이 아주 잘 맞았는데, 일적인 면에서는 서로 맞지 않았다. 형은 늘 매장을 자신의 집처럼 어지럽히며 분주하게 일했고, 사장님은 오후에 교대하러 출근하시면 그 난장판인 상태를 늘 못마땅하게 생각하셨다. 그래서 그런지 서로 같이 일하지 않았다. 서로 인수인계하며 교대하는 형식이었다. 서로가 없을 때는 가끔 일적인 면에 있어 상대방을 상대방 뒷담화를 했다.

내가 두 사람 입장에 빙의해보면, 형은 자신이 주말 아침부터 저녁까지 매장을 위해 분주하게 일하는데, 그 노력은 알아주지 않고 좀 어지럽혀놓은 사소한 걸로 트집 잡는다고 생각했을 것이다. 또 사장님은 일하는 디테일이 마음에 안 들지만, 그래도 열정적으로 꿈을 좇는 청년이고, 일도 매우 성실히 하고 바쁠 때 부탁하면 외면하지 않고 자주 나와 도와주었기에 그럭저럭 잘 지내셨던 것 같다.

형은 사장님이 자신을 시기해서 트집 잡는 거라고 하면서도, 폰 연락처 이름에는 '그래도 은인이다'라고 저장해두었다. 내심 못마땅해하면서도 잘 챙겨주시는 사장님에 대한 고마움을 잊지 않으려 했다. 『대학』에 다음과 같은 구절이 있다.

好而知其惡(호이지기악), 惡而知其美者(오이지기미자).

좋아하면서도 그의 나쁜 점을 알고, 미워하면서도 그의 아름다운 점을 안다.

－『대학』「8장」

나는 고전 읽는 배달라이더다

우리는 자칫하면 쉽사리 한쪽 감정에 치우쳐 관계와 일을 그르친다. 좋아하기 시작하면 모든 걸 아름답게 포장하기 시작하고, 미워하기 시작하면 상대를 천하의 극악무도한 죄인으로 만들어버리는 일을 종종 자신에게서 경험했을 것이다. 감정이 극단으로 치닫게 되면, 늘 마찰이 생길 수밖에 없다. 그렇기에 좋아함이나 또는 미워함에 깊이 들어가게 되더라도, 극단에 이르지 않으려는 마음 또한 유지해야 한다.

인연이 다한다는 것

성실파 형과 8년여를 식구처럼 형과 동생으로 지냈다. 나의 첫 인생 선배였고, 그 강인한 생활력을 바라보며 존경해 마지않았다. 하지만 관계라는 것이 늘 그렇듯, 내가 서른한 살이 되던 2013년에 마무리되었던 사건이 있었다.

함께 다니는 헬스 사우나에서 마주칠 때마다 늘 심사숙고하며 무거운 표정만을 지어 보이던 어느 날, 그 형이 나를 자기 집으로 불렀다. 불도 안 켜서 엄청 무거운 분위기가 연출되고 있었다. "네가 정말 매장에서 나에 대한 말을 그런 식으로 했냐?"라고 물었었다. 그때 그 형의 질문에 내가 정말 그런 말을 했는지 기억이 없었다. 그런데 듣고 보니, 못 할 말도 아닌 것 같아서 그냥 쉽게 긍정을 해버렸다. 그 순간, 그 집 벽면에 매달려 있던 내 기타를 가지고 가라며 나에게 건네주었다. 또, 마지막 만남이라고 여길 때, 흔히 밥을 사주던 그 형은 나에게도 물었다.

"밥 먹고 갈래?"

"… 아니…"

나는 사실이 아닌 말로 명예훼손을 가한 죄인이 되어, 집으로 돌아가야 했다. 돌아가는 길에 만감이 교차했다. '말 한마디 가지고 너무 한 거 아닌가?'라는 억울한 심정에 돌아가는 스쿠터 위에서 하염없이 눈물이 났다. 너무 매몰차게 끝내는 차가움에 대한 억울한 눈물이었을까, 인연이 다했음의 눈물이었을까. 지금도 곧잘 어떤 일로 눈물을 하염없이 흘릴 때가 있는데, 그걸로 판단해본다면 아마도 후자였던 듯하다. 인연이 다했음의 슬픔이었던 것이다.

어차피 결말은 정해졌지만, 내가 정말 그런 말을 했는지 확인차 같이 일하던 다른 동료에게 물었는데, 내가 그런 말을 했다는 대답을 들었다. 그런데 나는 정말 그런 말을 했는지 아직도 확신할 수 없다. 당시에도 그랬지만 지금도 기억이 안 나는 거 보면, 사장님의 농담에 재미 삼아 맞장구로 응한 빈말이었을 확률이 높다. 하지만 이런 이유를 따지는 것은 중요하지 않다. 그 이유가 아니었어도, 어차피 다른 이유가 또 생겼을 것이다. 마치 꼭 그렇게 결론지어져야만 하는 정해진 구조가 있다는 것처럼.

하여튼 인연이 끝나려니까 농담 한마디가 자기 마음에 안 들었다고, 오랜 사이를 이렇게 매몰차게 차버리는구나 싶을 뿐이다. 결국, 다 떠나고 나 혼자 마지막까지 피자헛에 남아 사장님과의 인연으로, 결국 동양 고전의 길로 접어들었다. 인연의 부득이함이 있다는 건 알겠지만, 그래도 나도 『시경』의 말을 빌려 한마디 돌려주고 싶다.

無我惡兮(무아오혜), 不寁故也(불삼고야).

나를 미워하지 마라. 밉더라도 옛사람을 갑자기 끊어서는 안 된다.

- 『시경』「정풍 준대로」

가난하면 가난한 대로

2019년 7월. 배달일을 하다 3시쯤 늦은 점심을 먹었다. 주로 혼자 먹는 걸 좋아하고, 혼자 다니는 걸 즐겨한다. 같이 먹는 걸 싫어하는 건 아니고, 다만 누군가와 무엇을 먹을지, 언제 만날지를 정하는 게 나에게는 번거로운 일이어서다. 대신 시간과 장소가 미리 정해져 있는 식사 자리는 꼬박꼬박 잘 나가는 편이다. 그런데 왠지 그날은 동료들과 같이 먹어야겠다는 생각이 들었다.

종로·중구에서 제일 콜을 잘 빼는 형에게 물어보니, 오늘은 우리 업소 중의 한 곳인 한솥도시락에서 먹는다고 했다. 그 형은 나보다 콜을 조금 더 잘 친다. 우리 둘은 『시경』의 환(還)이라는 시처럼 가끔 서로를 인정하는 듯한 말을 주고받으며 겸손 떨기를 즐겨한다.

"그래도 내가 X밥은 아니지 않냐?"
"아니지. 형이 나보다 더 잘하지."
"아니야. 너도 한번 마음먹고 하면, 이 정도는 하잖아."

그렇게 배달 중에 심심하면 전화해서 서로 얼마큼 벌었는지 확인하며, 지친 체력에 경쟁심의 활력을 불어넣어 주기도 한다.

"어? 그분은 안 왔네?"
"어. 오늘 별로 못 벌어서 집에서 먹는대."

그렇다. 그분은 제일 콜을 못 친다. 느리기도 하지만, 주로 모두가 기피하는 콜을 받아서 가기 때문에 많은 콜을 칠 수 없다. 픽업하고 배달하는 데 시간이 오래 걸리는 명동이 그분의 주 서식지다. 자신이 좋은 콜을 잡으려 하지 않고, 늘 관제에 요청해서 배차를 받기에 주로 똥콜을 처리해서다. 그게 마음이 편하다며 그러고 다니기를 즐겨한다.

시급제도 아닌 건당으로 돈을 버는 지입제가 왜 저러고 다닐까 싶지만, 그게 그 사람 라이프 스타일이니 내가 더 왈가왈부해서는 안 될 것 같다. '그래도 명동은 아닌데…'라며 내 성격상 답답한 마음은 가시질 않는다.

혹시 집에 가서 혼자 맛있는 걸 먹는 게 아닌가 하는 의심이 들기도 하는데, 의심을 주로 하는 내 스타일상 괜한 의심은 자제할 필요가 있다. 오늘 벌이가 시원찮다고 하니까 그렇게 이해해야 한다. 그래도 자제하지 못하고, 혹시나 해서 톡으로 확인을 해보았다.

"오늘 가난해서 밥 먹으러 못 온다면서요?"

"ㅠㅠ"

"설마⋯. 몰래 혼자 집에서⋯."

가난에 대한 톡을 하다 보니, 『논어』에 나오는 '원헌'이 떠올랐다. 원헌은 공자의 제자 중 한 사람인데, 가난한 제자 중에서도 극도로 가난하기로 1등이셨던 분이다. 가난해서 옷이 떨어지고 구멍 난 신발을 신는 그런 초라한 행색을 이어가던 사람이었다. 세상 사람들에게 좋은 평판을 듣기 위해 그에 맞춰 행동하지 않고, 끼리끼리 작당해서 편 먹지 않고, 공부하긴 하지만 남들 앞에서 자랑하기 위해 하지 않는 등, 자기 가치관과 신념을 가지고 살아가는 사람이었다.

늘 그렇듯이 잠시 '내가 원헌인가'라고 끼워 맞춰본다. '음⋯. 맞는 것 같은데⋯.' 그래도 이런 경우 종종 나중에 생각해보면 늘 아니었으니까, 일단 아니라고 결론을 짓는다. 그래도 좀 가까운 느낌은 있다.

나는 알바 생활로 어느 정도의 자유스러움을 지키면서 수입에 맞춰 살아왔다. 지금은 월급이 아니라 주급을 받고 있다. 지금 이 글을 쓰고 있는 시점에서 저번 주는 65만 원을 벌었다. 저저번 주는 37만 원. 저저저번 주는 50만 원. 저저저저번 주는 81만 원. 늘 수입이 들쑥날쑥하다. 저걸 다 합치면 4주

230만 원 정도로 꽤 수입이 괜찮지만, 어쨌든 지금 통장에는 10만 원도 없다.

그래서 지금은 극빈의 생활을 자처하고 있다. 기상 후, 나의 일터이면서 주 서식지인 대학로로 이동한 다음, 편의점에서 1,000원짜리 삼각김밥 하나를 사 먹었다. 그리고 스벅에 가서 커피를 마실까 하다가 가난한 현실을 깨닫고, 맥도날드에 가서 1,000원짜리 커피를 마시며 이 글을 쓰고 있다. 그래도 설탕도 주고, 저어 먹을 플라스틱 빨대도 주니까, 스벅보다 편리하다는 긍정적인 생각이 떠오른다.

그래도 이 글을 다 쓰고 나서는 아늑한 분위기의 스벅에 갈 요량이다. 가서 1,500원짜리 생수를 마시고 앉아 있으면 되니까. 또 그렇게 하도 생수를 사 먹다 보니, 어느덧 별이 12개가 모여 무료 음료 쿠폰이 생기기도 한다. 그럼 비싼 거로 하나 바꿔 먹고, 다시 제자리로 돌아와 가난한 생활을 이어간다.

아무리 가난하고 아무리 부자라도 형편에 맞게 하루 세 끼를 먹을 뿐이고, 맥심커피를 마시든 아메리카노를 마시든 어차피 커피를 마실 뿐이다. 무슨 차이가 있을까. 형편에 맞게 재미있게 살면 그만이다. 나처럼 가난한 사람들이 참고할 만한 구절이 있다.

나는 고전 읽는 배달라이더다

貧而樂(빈이락).

가난하면서 도를 즐겨라.

－『논어』「학이」

가난하면서 도를 즐기는 건 공자의 수제자인 안회의 주특기였다. 안회는 늘 가난했지만, 딱히 자신의 형편에 대한 불만이 없었다. 가난한 현실을 즐길 수 있다는 것은 가난함을 만난 때를 인정하고 난 후의 단계이다. 다시 말해, 가난해지는 상황이 두려워 몸부림치거나 숨기기에 급급한 것이 아니라 당당히 인정하는 받아들임이 있고 나서, 그 안에서 편히 즐기는 것이다.

도가의 대표 주자인 장자 역시 가난했고, 그 역시 가난한 현실을 부끄러워하지 않았다. 정말로 부끄러운 건 돈이 적다는 사실이 아니라, 떳떳하지 못한 행동으로 자기 마음마저 작게 만드는 행위일 것이다. 그것은 정말 부끄러운 일이고 반성해야 한다.

돈이 없지, 가오가 없어?

얼마 전 동양대 교수 노릇을 하는 사람이 교수직을 내던졌다. 내던지면서 "내가 돈이 없지, 가오가 없나?"라고 했다. 실제로 돈이 없는 건 아닌 거 같고, 아마도 '내가 이 교수직에 연연해서 내 할 말을 못 하겠나?' 정도의 뜻으로 보인다. 하지만 나는 괜스레 '돈이 없다'는 말을 빌린 게 불쾌하다. 난 정말 많지 않기 때문이다. 어쨌든 이 말이 언제부터 유행했는지는 알 수 없지만, 이 말을 술자리에서 큰형님도 하셨다.

"우리가 돈이 없지, 가오가 없어?"

50 초반의 큰형님은 가오쟁이다. 가오를 중시하신다. 가오는 신중함과도 맥이 통하는 말이다. 가오를 중시하시기에 말과 행동이 차분하고 느리며, 또 신중히 깊게 생각하는 성격이다.

어느 날은 안 빠지는 똥콜들은 바라보며 "이 똥콜들이 안 빠지는 데는 다

자기만의 사연이 있어."라며 깊은 우수에 잠긴 듯 말씀하셨다. 그렇게 공감은 하되, 본인이 잡지는 않으신다. 그러면 나는 또 쉽게 생각한다.

'행동은 없고 말만…'

하지만 가만히 생각해보아야 한다. 만약 잡기 시작한다면, 힘만 들고 돈은 안 되는 결말이 기다리고 있음을 예상할 수 있다. 그렇게 살면 현 자본주의 시대를 혼자서 역행하는 꼴이 돼버린다.

어쨌든 그렇게 늘 신중한 자세를 유지하시기에 분위기 자체가 무겁다. 그래서 쉽게 부화뇌동하는 일도 없다. 농담할 때도 본인은 늘 진지하다.

"내가 지금까지 남들과 싸워서, 세 대 이상을 맞아본 기억이 없어. 형은 세 대 맞으면, 정신을 잃거든"

이런 농담도 과거 추억에 잠긴 듯 무겁고 진지하다. 늘 그러한 무게감으로 큰형님의 자리를 굳게 지키고, 일에 있어서도 늘 열심히 하시며 모두를 리드하신다. 게으른 동생들을 격려하고 밀어주기를 좋아하신다.

"형님, 이제 힘든데 PC방 가서 쉬시죠!?"

"병선아… 아직은 아니야."

그 특유의 무게감에서 뿜어져 나오는 위엄은 동생들이 상담하러 오게끔 만드는 믿음감을 준다. 다른 사람들의 개인 생활에 무관심해 혼자 놀기를 좋아하는 나와는 많이 다르시다. 늘 챙기고 물어보고 들어주며, 조언하기를 잘하신다. 그런 형님의 무거운 신중함을 매번 보노라면, 『논어』의 한 구절이 생각난다.

不重(부중), 則不威(즉불위).

신중하지 않으면, 위엄이 없다.

- 『논어』「학이」

사람이 말과 행동을 늘 가볍게만 한다면 다른 사람도 그 사람을 가볍고 우습게 취급할 것이다. 그렇기에 말과 행동에 무게감과 신중함이 없으면 위엄 있어 보이는 분위기도 없게 된다. 같이 일하는 큰형님을 보면 늘 무거운 신중함이 있어, 배워야 할 점이 있다는 생각이 든다.

다른 사람을 챙기는 자질이 부족한 나는 가끔 정신 교육을 받기도 한다.

"병선아… 형이면 형 노릇을 해야 돼."

생각해보면 무언가를 책임지는 위치가 되는 게 싫어서, 너무 가볍고 천방지축으로 살아온 느낌이 있다. 사회적 룰도 다 거부해왔던 편이다. 내가 정한 게 아니어서다.

그래도 내가 늘 형들을 위에 두고 따랐던 것은 아마도 형들에게서 느껴지는 그 무언가를 갈구했던 듯하다. 그러면서도 내가 소유하고 싶지는 않기에 거부하는 옹고집이 있었다. 그 무거움에 따르는 책임감은 느끼고 싶지 않고, 그냥 옆에 두고 대리만족만 했던 것이다.

다른 사람들에게도 성인이라면 자기 밥값은 스스로 내야 한다는 이유를 내세워, 밥 사기를 꺼렸던 게 사실이다. 그런데 가만 생각해보면, 실은 돈을 쓰기 싫었던 게 아닌가 싶다. 예전에 나에게 '돈에 민감하다'고 했던 문래동 형의 조언이 맞는 것이다. 나는 돈에 민감하다.

이제 종종 남들을 위해 돈을 써보는 연습이 필요한 듯하다. 쓰다 보면 책임져야 할 무언가가 늘어나지 않을까 싶다. 그러면 이 삶의 가벼움이 어느 정도 무거움을 찾아, 삶의 신중함으로 자리 잡히지 않을까. 무게가 잡혀 신중해져, 위엄 있는 안정감이 생길 것이다. 그러면 이 사회의 구성원으로 어느 정도 무게감 있게 살아갈 수 있을 것이다. 너무 혼자 가볍게만 살아왔다는 생각이 드는 요즘이다.

배운 사람

2019년 5월. 낮에는 햇빛 받기 좋고 저녁에는 다소 쌀쌀해 바람막이를 걸쳐야 하는 초여름이었다. 배달일은 늘 바람과 함께 다니기 때문에, 체감온도가 일반인들보다 더 앞서는 직업이다.

여름에는 아스팔트의 열기를 온몸으로 받아내며 달리고, 겨울에는 날 선 바람을 온몸으로 받아내며 달려야 한다. 자연을 넘어서려는 듯 그 극심한 더위와 추위를 받아낸다. 그래서 그런지 웬만해서는 안 덥고, 웬만해서는 안 춥다.

그날도 어김없이 나의 서식지인 대학로에서 콜을 치는 중이었다. 주문 콜이 몇 개 없는 시간대라 좋은 콜을 골라잡을 순 없다. 대강 아무 콜이나 잡고 보니, 삼선동에 있는 한 토스트 집이었다. 일단 조리 요청을 누른 후, 다시 도로 위를 달린다. 업소에 도착해 금액을 확인해보았다. 보통은 1만 원 또는 2만 원 정도를 주문하는데, 7만 원어치나 주문하셨다.

나는 고전 읽는 배달라이더다

'제길, 괜히 잡았네. 조리 시간이 오래 걸리겠구나.'

토스트집 아저씨는 나보다 더 불만이시다. 같은 토스트를 20여 개 시켰는데, 계란을 모두 추가해서다. 아저씨는 양심이 있는 거냐며 어떻게 계란을 추가할 수 있냐며 투덜거리셨다. 그렇다. 아저씨는 오늘 일할 기분이 아니다. 여기다 대고 "계란 정도는 넣어 먹어야 맛있죠."라고 말해드려야 할지, "그분은 왜 이리 많이 시키셔서 우리를 힘들게 하는 걸까요."라고 말해야 할지, 알 수가 없어 나는 가만히 있는 걸 택했다. 그래도 말한다면 가까이 있는 아저씨 편을 들어드려야겠다는 생각이 든다.

비상 상황이라 그런지 근처에서 밥집을 운영하시는 아내분이 지원하러 오셨다. 혼자 분주하신 아저씨에게 아주머니는 일의 순서를 정해주셨다.

"먼저 계란 좀 부쳐요."

그리고는 나에게 시간이 좀 걸리겠다며 얼음 가득한 냉커피를 한 컵 따라주셨다. 커피를 받아 들고 앞에 펴놓은 테이블 중 한 곳에 앉았다. 그 가게는 동네 주택가 사거리의 한 모서리를 차지하고 있었다. 골목 사거리치고는 널찍한 편이라 그런지, 가게 앞에 세월의 흔적이 심하게 느껴지는 색 바랜 야외 테이블 두 개와 박스로 만든 개 쉼터를 설치해놓으셨다. 다른 테이블에는 동네 아저씨 두 분이 냉커피를 마시며 앉아 있고, 개는 박스 위에서 일광욕을 하고 있었다. 토스트집 주인네들 빼고는 다들 한가롭다.

나는 동네 주민들이 오가는 것을 보며 시간을 보냈다. 개가 동네 마스코트인지 아줌마와 여학생들은 개를 보고 인사하고 만지작거리며 지나가곤 하셨다.

그때 마침 작은 구르마에 박스를 수집하며 다니시는 할아버지가 지나가고 계셨다. 박스 수집하시는 분들을 보면 친할아버지와 할머니가 생각난다. 그분들은 시골에서 유복한 집안에서 생활하시다가 시골 일거리가 마땅찮아져서, 아들들이 모여 사는 도봉구로 터를 옮기셨다. 가진 돈이 적지 않으셨는데 근면 성실이 몸에 배서서, 할아버지는 경비 일을 하시고 할머니는 동네에서 부지런히 리어카를 끌고 다니셨다.

중고등학생이었던 시절에 친구들과 다닐 때는 모른 척 지나가기도 하고, 혼자 다닐 때는 인사하며 지나가기도 했다. 또, 내가 인사를 할 때면 손자라고 어김없이 돈을 쥐여주셨다. 만 원 정도를 주셨는데, 참 받기가 불편했다. 길거리 박스를 종일 모아봐야 수입이 만 원이 안 될 거 같은데, 만 원을 주시다니. 그 한 장짜리 돈의 무게는 분명 일반 사람들이 버는 만 원의 무게와 같지 않았다. 그래서 또 주실까 봐, 마주치는 걸 피한 적도 있었다.

마침 다른 테이블에서 커피를 마시고 있던 아저씨가 지나가는 그 할아버지를 불러 세웠다.

"더운데 커피 한잔 해. 500원만 내. 나머지는 내가 낼게."

냉커피는 2,000원이었다. '저 할아버지에게 500원의 가치는 얼마일까?'라는 의문이 들었다. 또 한편으로 '저 말투는 조롱하는 걸까 뭘까?' 싶었다. 할아버지는 이내 빙그레 웃으시며 지갑에서 1,000원을 꺼내 드셨다. 나는 또 괜히 의심해본다.

'500원이 없으셔서 부득이 1,000원을 내신 걸까. 그냥 1,000원을 내신 걸까…'

이내 이어지는 아저씨의 말에 나의 잡스러운 의문들이 쓸모없게 되어버렸다. "돈을 쓰나 안 쓰나 한번 떠본 거야."라고 하시며 냉커피 한잔을 주문하고 대신 결제하셨다.

겉으로 드러난 말 표현은 있는 자의 교만함으로 비치지만, 마지막 결과는 그렇지 않으셨다. 아마도 할아버지가 빙그레 웃으셨던 건 거만한 듯한 말투 너머에, 커피를 드리고 싶어 하는 그의 마음을 느끼셨던 것 같다. 그렇게 '현명한 아저씨'는 할아버지에게 커피를 사드리면서도 가난한 자를 도왔다는 명예 대신, 거만한 말투로 불쌍한 할아버지를 조롱한다는 불명예를 챙긴 것이다. 그리고 아마도 돈을 꺼내는 데 망설임이 보이지 않았던 그 자연스러움을 보면, 할아버지는 500원에 더해 1,000원을 내시며, 자기 힘을 다하는 모습을 보이신 것이다.

그렇게 한쪽 의자에 앉아 편히 커피를 드시는 동안, 두 아저씨는 자기 할일을 하러 떠나셨다. 나중에야 한가로이 앉아 있던 할아버지를 본 가게 아주머니는 톡 쏘아붙이셨다.

"거기 앉아 계시면 어떡해요. 장사하는 데 앉아 있지 말라고 했잖아요!"

할아버지도 할 말이 있으신 듯 입을 오물거리셨지만, 끝내 입을 열지 않으셨다. 체념하신 듯 작게 한숨을 쉬시고는 자리를 뜨셨다. 앉아 있을 자격이 있지만, 굳이 말하여 아줌마의 기를 꺾지 않으셨다. 그렇게 말하는 그녀의 마음을 이해하신 듯했다. 다만 아줌마는 그 커피가 할아버지 커피인지 모르셨을 뿐이다. 그렇게 할아버지는 처음부터 끝까지 한마디를 하지 않으시고, 오로지 믿음 있는 행동으로만 타인에게 신뢰를 보이셨다. 이런 사람을 가리키는 말이 『논어』에 나온다.

子夏曰(자하왈) 賢賢 易色(현현 역색). 事父母 能竭其力(사부모 능갈기력), 事君 能致其身(사군 능치기신), 與朋友交 言而有信(여붕우교 언이유신). 雖曰未學(수왈미학), 吾必謂之學矣(오필위지학의).

자하가 말했다.

"현명한 사람을 존경하기를 여자를 좋아하는 것처럼 한다. 부모를 모실 때는 힘을 다하고, 임금을 모실 때는 자기 이익을 앞세우지 않으며, 친구와 더불어 사귈 때는 말에 믿음이 있어야 한다. 그렇다면 비록 배우지 않았다 하더라도, 나는 반드시 그를 배운 사람이라고 말할 것이다."

– 『논어』 「학이」

자하는 공자와 40세 정도 차이가 나는 어린 제자다. 현명한 이를 존경하는 것, 힘을 다하는 것, 자기 이익을 앞세우지 않는 것, 말이 믿음직스러울 것 등 이 네 가지를 이미 삶 속에서 행하고 있다면 이미 다 '배운 사람'이라고 말하고 있다. 타고난 자질이 아름다운 사람이거나, 혹 석사, 박사 따위의 증명이 없더라도 일상생활에서 배움에 지극히 힘쓴 사람임을 확신한다는 말이다. 여기서 배움이란 머리에 쌓은 지식으로 떠들어 대는 게 아니라, 사람 간에 지키고 따라야 할 오륜의 바른 행동을 말하는 것이다.

감정의 휘둘림이 없는 제삼자의 자리가 아닌, 내가 그 할아버지의 입장이었다면 500원만 내라는 말과 앉아 있지 말라는 말에 차분히 대응할 수 있었을까? 남들에게 쏘아붙이기를 즐겨하는 일차원적인 내 성격을 생각해보면 장담할 수 없다. 그 할아버지는 당장 드러난 말 표현을 넘어 그 사람의 그러한 심리까지 헤아리시고, 그들의 말에 따르셨다.

나는 저런 상황에서 얼마만큼 상대를 이해할 수 있을까?

내 여건 안에서의 최대치

2019년 7월. 마른장마가 이어지던 그날은 여름비가 내리는 날이었다. 오랜만에 수중전을 하는 날인가 싶었는데, 아쉽게도 수중전이라고 할 정도로 비가 시원하게 내렸던 건 아니다. 날씨가 후덥지근한 상황에서 야금야금 내리는 비였다. 그래도 굳이 의자 밑에 챙겨둔 우비를 꺼내 입어 습기에 찌든 상태로 다니고 싶진 않았다. 아싸리 시원하게 내렸다면 우비를 입고 다녔을 텐데, 비가 애매하게 부슬부슬 내렸다.

오늘도 대학로에서 돈이 되는 단거리 꿀콜을 잡고 다니며 놀고 있다. 그러던 도중 어느 한 배달지에 들를 때였다. 그 집은 명륜동을 구석구석 다니는 마을버스 종점보다 더 높은 고지에 있는 집 중 하나였다. 게다가 4층 집이었다. 거기에 더해 하필이면 이 집 저 집 계단을 오르내리다가, 또 4층 집을 만난 상황이었다. 체력이 급 빠진 상태에서 4층 집을 또 만나니, 한숨과 함께 '아씨…'라는 말이 살짝 새어 나왔다. 몸이 힘드니까, 괜히 신경질이 나려 했다. 육체노동을 하는 사람들이 감정을 제어하기가 쉽지 않은 이유가 있는 것이다. '높이는 왜 콜비에 안 들어가는 걸까.'라는 생각을 하며 무료봉사의 발걸음으로 한 발짝 한 발짝 계단을 올랐다.

다 올라가, 조금은 울분이 섞인 목소리로 "배달이요!"라고 외쳤다. 내가 왔음을 알리자, 집 안 사람들이 분주해져 정신없이 집 안을 오고 감이 들려왔다. 그래도 이 집 사람들은 행동이 민첩하니 그걸로 위안이 됐다. 그렇게 결제할 카드를 찾아들고 나와, 카드를 내미셨다.

카드번호를 천천히 입력해야 한다. 왜냐하면, 최근에 시스템이 바뀌어 오결제 방지 차원에서 카드번호를 똑같이 두 번 입력해야 하기 때문이다. 빨리하다가 틀리면 다시 또 두 번 입력해야 하는 지루한 상황이 올 수도 있다. 나는 한 번에 정확하게 잘 결제해왔는데, 괜히 이런 오류 방지 시스템이 생겨서 불필요한 일만 늘어나는 기분이 든다. 하나하나 모든 일의 안전을 따지다 보면 결국 모두가 느려질 수밖에 없는 답답함에, 나같이 스피드를 중시하는 사람은 속이 터져 가끔 짜증이 나곤 한다. 하지만 안전을 위한 잠깐의 시간이 누군가의 큰 사고를 예방해 줄 수 있는 장점이 있기는 하다.

그렇게 결제를 마치고 카드를 돌려드리려는 순간, 그분께서는 갑자기 삼성페이 핸드폰을 내미셨다. 그 카드가 결제 오류인 줄 아시고, 다른 카드를 내미신 것이다. 나는 괜히 당황해서 말을 더듬거렸다.

"아… 아니… 그게 아니고…. 결제가 잘 되셨어요."

내가 당황한 이유는 카드결제가 안 될 걸 대비해서 곧바로 삼성페이를 대기시켜 놓았음에 놀라서였다. 이분은 혹시나 싶어, 그사이에 다른 방법을 준비해두셨던 것이다. 배달하러 다니다 보면 종종 이렇게 자신의 성의를 다해, 우리들의 시간과 체력을 아껴주시는 분들을 만난다. 그중에는 도착하자마자 귀신같이 알고 문을 열어주시는 분도 계시고, 인터폰을 누르면 애써 1층으로 부리나케 뛰어 내려오시는 분도 계시고, 5층에서 미리 조금 내려와 주시는 분도 계신다.

어떤 손님은 "(계단) 힘드셨죠?"라고 위로의 말만 건네는 분도 계시는데, 나는 행동 없는 껍데기 말은 그게 사회적으로 예의 있는 말이더라도, 별로 가치 있게 여기지 않는다. "네, 좀 힘드네요."라고 동의해주며 그냥 흘려들을 뿐이다. 힘들 걸 알았다면 몸소 움직이거나 최소한 죄송하다는 말을 해야 한다. 그래도 뭐 문을 잽싸게 열어 빠른 일 처리를 보여주면, 시간을 아껴 나쁘지는 않지 않나 싶은 긍정적인 생각이 떠오른다. 가끔은 나도 계단을 내려오는 중에 '나도 5층 살면 자주 시켜 먹어야겠다.'라는 생각이 들기도 하니까.

가장 예의가 없다고 생각했던 경우가 있는데, 병원 복도에서 30m 거리를 두고 서로 빤히 보고 있는 상황에서 내가 자기 앞까지 걸어오기를 기다리고 있던 사람이었다. 그러면 나는 상대가 답답해할 정도로 거북이처럼 엉금엉금 걸어가서 건네준다. 계단은 그래도 자기 몸 힘드니까 그렇다 쳐도, 평탄한 길에서 그러는 건 좀 아니지 않나?

이런 배달일을 해서 그런지, 그럴 때 사람 등급이 선명하게 보여 인간성을 판단하며 다니는 편이다. 잠깐 왔다 사라지는 배달원을 대우하는 모습을 보면, 그 사람의 등급이 가장 선명하게 드러나는 법이니까.

이런 상황들을 만날 때 떠오르는 『논어』 구절이 있다.

爲人謀(위인모), 而不忠乎(이불충호).
다른 사람을 위하여 일을 도모할 때, 충(忠)을 다했는가?
- 『논어』 「학이」

이 말은 유가의 계보를 잇는 증자가 했던 말이다. 유가의 계보는 공자에서 맹자로, 맹자에서 자사로, 자사에서 증자로 이어지고 있다고 문헌은 기록하고 있다. 증자는 날마다 세 가지로 자기 자신을 돌아보았다고 전해지는데, 그중 한 가지가 바로 이 구절이다.

자기 성실성이 한자로는 충(忠)이다. 현재 충성이라는 말로 활용되다 보니,

'맹목적인 충성'이라는 의미로 인식된다. 하지만 『논어』에서 쓰인 원래 의미는 다르다. 실제 의미에 가깝게 풀어보면, '다른 사람이나 어떤 사건을 대함에 있어, 자기 현재 여건 안에서 할 수 있는 최대한의 성실함'이다. 다시 말해, 다 포기하고 충성하는 맹목적인 충성이 아니라 내 여건 안에서의 최대치인 것이다. 그렇게 그 사람이 왔을 때 일 처리를 위한 밑 준비의 성실함과 그 사람을 만났을 때 자신이 할 수 있는 성실함 정도면 훌륭한 충(忠)이 아닐까 생각해본다.

몸가짐은 경건히, 행동은 간략히

2019년 8월. 아침부터 비가 온다. 늘 쉬는 날 안 쉬는 날 구별 없이 주로 배달하기를 즐겨하는지라 정해놓은 휴무일은 없다. 하지만 비가 오는 걸 보고 있으니, 오늘은 임의로 정해놓은 스케줄에 맞게 쉬어야 할 것 같다. 비 맞으며 일한다는 건 썩 내키지 않는 선택이니까.

아침부터 집 근처로 이사 온 '눈 내리는 집' 카페에 갔다. 이 카페는 원래 광희동 시장통에서 조그만 공간을 차지하고 있던 업소였는데, 최근에 필동으로 이사와 이곳저곳을 예쁘게 꾸민 제대로 된 카페 공간이 되어 있었다. 아주머니에게 물어보니, 아는 지인 건물인데 지인 추천으로 옮기게 되었다고 하셨다.

이 업소의 특징은 조리 시간이 유난히 오래 걸린다는 것이다. 조리 시간만 30분이다. 보통 5~10분 정도의 업소 콜이 라이더에게 인기가 많다. 그래서 이 업소는 인기가 없는 편이다. 하지만 이사 가기 전에는 배민 센터 바로 근처에 있었기 때문에, 라이더들이 조리 요청을 하고서 30분간 휴식을 하며 종종 출발 콜로 잡기를 즐겨 했던 곳이었다. 그런데 이제 필동으로 이사 왔으니, 라이더들에게 인기 없는 업소가 되어버렸다. 그래서 아주머니는 가게를 옮기면서부터 라이더들이 잘 안 온다고 아쉬워하고 계셨다.

나는 대학로가 주 서식지라 필동을 올 일이 거의 없지만, 사실 나도 일할 때는 오기가 꺼려지는 가게다. 30분이면 두세 콜은 칠 수 있는 시간이기 때문이다. 하지만 왠지 이런 가게가 나는 끌린다. 음식을 하나하나 정성스럽게 만들다 보니, 시간이 오래 걸리는 것이다. 재료의 선택과 관리는 말할 것도 없다. 이런 아주머니의 스피드를 보고 있으면 아마 대기 중인 라이더들은 속이 터져 돌아가실지도 모를 일이다. 그래서 고객에게는 좋지만, 라이더들에게는 별로다.

이제 메뉴를 골라야 하는데, 늘 그렇듯 결정장애가 있어 한참을 고심한다. 아무리 고심을 해도, 이 많은 메뉴 중에 무엇을 골라야 할지 도대체 알 수가 없어서, 이리 재고 저리 재다가 결국 따뜻한 매실차를 한잔 주문했다. 뭘 하나 고른다는 게 나에게는 너무 힘든 일이다. 아주머니는 음식 날라주는 사람이라고 5,000원인데 4,000원만 받으셔서 괜스레 미안해졌다.

자리에 앉아 차를 마시며 내일 세미나 예정인 『캘리번과 마녀』라는 책을

읽고 브런치의 글도 정리했다. 마침 어제 친구와 '유니클로 불매'에 관한 논쟁을 하다가 나온 주장을 친구의 권유에 따라 정리한 브런치 글에, 누군가가 '좋아요'를 눌렀다. 별거 아니라고 머리는 생각하는데, 무언가 가슴에 따뜻함이 느껴졌다.

내가 독서를 하고, 글을 정리하는 동안 아주머니는 판매되는 비스킷을 주시기도 하고, 주문 음식을 만들다가 내 거까지 만드셨는지 잘 구워진 바삭한 식빵 안에 치즈같이 생긴 무언가가 들어간 간식까지 가져다주셨다. 아주머니는 "장사가 잘되면 다른 사람도 고용할 텐데."라고 하시며 아쉬운 듯, 그러면서도 뭐 괜찮다는 듯한 표정을 지으신다. 장사가 예전만큼 안 돼서 오래 못할 것 같다는 말씀까지 하신다. 그 말에 나는 내심 놀랐다.

'어? 없어지면 안 되는데…'

그리고선 아주머니도 할 일이 있으신지 자신의 노트북 앞에 앉아 나와 똑같이 자판을 두드리신다. 그렇게 우리 둘은 자판을 두드리며 조용히 각자 할 일을 한다.

그러다 방금 다른 라이더가 가져간 음식이 다른 것으로 잘못 조리되었다는 고객의 전화가 왔다. 아주머니는 다시 가져다드리겠노라고 하시며, 배민 고객센터로 전화해 자초지종을 설명하셨다. 마침 비도 그쳤고, 머리도 식힐 겸 콜을 잡아보려고 했던 내 핸드폰에 이 카페의 재주문 콜이 떴다. 나는 냉큼 가져다드릴 요량으로 그 콜을 잡았다.

아주머니는 전화를 끊으시고는 재발생된 배달비 3,600원을 부담해야 한다고 나에게 말씀하셨다.

"어? 그래요? 업소 잘못으로 인한 재배달 정책이 업소 부담으로 바뀌었나 보네요!?"

사실 지금까지 사유에 관계없이 재배달료도 배민에서 부담하고 있었는데, 합리적으로 바뀐 것이다. 그 사실을 안 순간, 나는 또 괜히 미안해졌다. 싸게 먹고 얻어먹은 것도 있어서 그냥 배달해드려도 되는데, 배달료까지 챙기게 된 꼴이 되어버려서다. 안 그래도 마진도 적은데 남는 것도 없고 오히려 손해겠다는 아주머니의 말은 나에게로 날아와 비수로 꽂혔다.

"아주머니…. 그… 제가 이제 가려고 잡기는 잡았는데…"

나는 괜히 말이 작아진다. 아주머니는 개의치 않으시고 가볍게 대답을 해주셨다.

"그래요? 이제 갈려고요?"

저렇게 시간에 쫓기지 않고 정성스레 음식을 만드시는 모습을 보고 있노라면, 내 마음에 얇아져 있던 무언가가 다시 두꺼워짐을 느낀다.

시간 절약이 몸에 배어 있어서 그런지, 나는 일을 대함에 있어 늘 빠르고 간략하다. 배달을 민첩하게 해야 하기에 간략하게 행동하다 보니, 마음까지 덩달아 거기에 쏠려 간략해져 얇아져버리기 일쑤다. 그러니 일 처리는 빠른 데 늘 정성이 부족한 모양이 되어버리는 것이다. 가끔 글도 너무 간략해져 버린 날에는 일기처럼 단순한 사실 나열이 되기도 한다. 그러고선 빠른 글쓰기에 스스로 흐뭇해한다.

'음. 글쓰기 속도가 많이 좋아졌네.'

저 아주머니처럼 늘 일을 함에 공경스럽고 정성스러운 마음을 가져야 하는데, 너무 빨리빨리만을 생각하고 있어서 잘 되지 않는 것 같다. 그래도 이런 사람들 옆에 있으면 나도 덩달아 몸가짐이 차분해져 공경스럽고 정성스러운 마음, 즉 얇아졌던 마음이 다시 두꺼워짐을 느낀다. 다음 『논어』의 말과 같다.

나는 고전 읽는 배달라이더다

仲弓曰(중궁왈) 居敬而行簡(거경이행간), 以臨其民(이림기민) 不亦可乎(불역가호). 居簡而行簡(거간이행간), 無乃大簡乎(무내대간호). 子曰(자왈) 雍之言(옹지언) 然(연).

중궁이 말했다.

"몸가짐은 경건히 하고 행동은 간략히 하여 백성을 대한다면 괜찮지 않습니까? 몸가짐도 간략하고 행동도 간략하면, 지나치게 간략한 것이 아니겠습니까?"

공자께서 말씀하셨다.

"옹의 말이 옳다."

– 『논어』 「옹야」

중궁은 공자의 제자인데, 그 마음이 너그럽고 도량이 넓어 군주의 자리에 오를 만한 사람이라고 공자가 칭했던 제자다. 중궁의 말은 몸가짐은 경건하게, 다만 행동은 간략하게 해야 한다는 것이다. 몸가짐과 행동이 모두 급박하기만 하다면 정성이 부족해 거칠어져, 일이 꼬이기만 할 것이다. 반대로 둘 다 여유롭기만 하다면 일의 진행이 너무 더딜 것이다. 그렇기에 몸가짐은 경건히 차분한 상태로, 행동만 간략히 민첩하게 해야 하는 것이다.

가게가 없어지면 안 되는데, 나도 덩달아 걱정이다.

전해지는 마음

2019년 10월. 어제 비가 종일 내리고 갠 맑은 아침이었다. 땅 위에는 아직도 축축한 습기가 가득하지만, 비가 온 다음 날은 언제나 깨끗한 공기를 마시며 상쾌한 바람을 맞을 수 있다. 그러면 마치 겨울을 지내고 봄을 맞이한 것처럼 마음은 싱숭생숭해진다.

늘 그랬듯 아침 9시부터 배달앱을 켜놓고 부리나케 못다 한 아침 정리를 하며, 간간이 갈 만한 콜이 뜨나 확인도 하면서 출근 준비를 했다. 콜이 여러 개가 뜨지만 내가 가고 싶은 콜이 없다. 하지만 대기 콜이 10개쯤 넘어가면 관제 매니저에게서 도와달라는 전화가 올 가능성이 높기 때문에, 맘에 안 드는 똥콜을 받기 전에 갈 만한 콜을 하나 잽싸게 잡아두어야 한다.

오토바이를 타고 내려오는 길에 시원한 바람이 온몸에 닿으니, 싱숭생숭한 봄의 설렘이 느껴졌다. 그렇게 내 마음은 한없이 너그러워지고 관대해진다. 그래서 그런지 오토바이 속도계는 30을 넘지 못한 채, 자전거처럼 천천히 굴러간다. 오토바이 같지 않은 30킬로의 속도로 신당동과 황학동을 굼벵이처럼 다니다가, 삼선동에 위치한 돈암제일시장의 '돈암 순대' 가게로 음식을 픽업하기 위해, 또 굼벵이처럼 천천히 굴러간다.

"아줌마, 18,300원짜리요."

아줌마는 지체 없이 곧바로 말씀하신다.

"기다리세요."

아주머니가 단칼에 무 자르듯 말씀하셔서 차갑고 성의가 없다는 말을 하는 사람이 있을지도 모르지만, 나는 반대로 그런 말들이 친절하고 진실하게 느껴진다. 내가 건넨 말을 깔끔하고 간단명료한 대답으로 즉각 돌려주어, 상황의 모호함을 단칼에 없애주는 말이기 때문이다.

종종 어떤 사람과 말을 주고받을 때, 쉬운 질문도 대답을 즉각적으로 돌려주지 않는 사람도 있는데, 그런 사람은 진실하지 못한 느낌을 준다. 그것이 자신을 위한 계산인지 상대방을 위한 계산인지 아니면 이해를 못 한 채 혼자 꿍하고 있는 건지 알 수 없지만, 말이 곧바로 나오지 않는 그 모습만 놓고 본다면 상대에게 진실하지 못하다는 인상을 남기기에 충분하다.

어쨌든 기다려야 할 것을 알았기 때문에, 주저 없이 바로 의자에 앉아 지인과 동료들에게 톡을 날리며 수다를 떨기 시작했다. 그런 나를 본 다른 아주머니는 말씀하신다.

"아침 먹어요?"
"네, 주세요."

아침에 분주히 출근하느라 양반죽을 하나 먹은 상태여서, 주저 없이 달라는 말이 나왔다. 돈을 내는 건지 안 내는 건지 알 수 없지만, 일단 아침을 먹어야 하니까.

"순대 내장도 줘요?"
"아뇨, 간만 주세요."

아줌마의 또박또박한 간결한 말투에 나도 덩달아 즉흥적으로 대답이 나온다. 그렇게 나의 취향에 맞춰 순대와 간, 그리고 김밥 한 줄을 주셨다. 그리고 나서 선지해장국을 미니 뚝배기에 퍼서 주셨다. 조금 후에 양파 간장절임도 내오셨다. 잘 차려진 분식 한상을 보니, 나의 불안은 깊어져만 갔다.

'돈을 내라는 거 같은데…'

나는 고전 읽는 배달라이더다

뭐, 어쨌든 아침밥 먹냐고 물어봐 주신 것만 해도 충분히 감사하기 때문에, 돈을 내고 안 내고는 사실 그리 중요한 문제는 아니다. 그렇게 슬금슬금 하나씩 천천히 집어먹으며 배를 채우고, 아줌마는 배달음식을 준비 중이시다. 싹싹 다 먹고 나니, 아주머니가 배달음식을 주셨다. 들고 가라는 거긴 한데, 뭔가 찝찝한 느낌이 들어 물어보지 않을 수 없었다.

"이거 얼마 드려야 해요?"

"아니에요."

"아… 네…. 잘 먹었습니다."

아주머니는 마지막까지 단칼에 무 자르듯 핵심만 전달하신다. 그렇게 다행히(?) 돈을 받지 않으셔서 내 마음은 그 아주머니의 온기로 따뜻해지고 있다. 물건과 그에 상응하는 돈이 오가는 건 차갑고, 대가 없이 주는 건 따뜻하기 때문이다. 공짜로 먹어서 좋긴 하지만, 그래도 왠지 빚진 느낌이 들어 다음에도 콜을 잘 잡아줘야겠다는 은혜로운 생각이 나를 괴롭히는 단점으로 남긴 했지만 말이다.

그렇게 잘 데워진 따뜻한 마음을 들고 손님에게 음식을 전달하니, 나도 모르게 그 순간 고객에게 맛있게 드시라는 부드럽고 친절한 말이 절로 나왔다. '따뜻한 마음은 이렇게 전해지는구나.'라는 깨달음의 순간이었다.

물론, 아주머니께서 어떤 의도를 생각하고 하신 일은 아니다. 하지만 결과적으로 그 가게의 따뜻함이 손님에게 전달되어 더욱 장사가 번창할 수 있고, 라이더에게 친절하니 라이더들은 더욱 그 가게에 가는 것이 빈번해질 것이다. 그러니 장사가 번창해서 더욱 가질 수 있게 되고, 사람이 모여드는 집이 될 수 있는 것이다. 『도덕경』에 그런 말이 있다.

> 旣以爲人(기이위인) 己愈有(기유유), 旣以與人(기이여인) 己愈多(기유다).
> 다른 사람을 위함으로써 자신은 더 갖게 되고, 다른 사람에게 주는데 자신은 더욱 많아진다.
>
> -『노자』「81장」

위 말은 『도덕경』의 마지막을 장식하는 말이다. '다른 사람을 위하거나 준다는 것'은 것은 만물의 순환에 동참한다는 것을 말한다. 남을 위해 돈이나 물건을 주는 일은 순환의 흐름을 만들어내는 일이기 때문이다. '더 갖게 되고, 더욱 많아진다'는 것은 결국 돌고 돌아 어떤 형태로든 자신에게 플러스로 다시 돌아오게 되어 있기 때문이다. 톡으로 수다를 떨던 동료 역시 이 상황을 한마디의 말로 정리한다.

"역시 장사는 퍼줘야 돼."

더 주려는 마음

찜질방에서 나온 아침의 마음 상태는 넉넉하고 드넓다. 발끝까지 완전 충전이 된 느낌이자, 무언가를 가득 채우고 나온 느낌이다. 어제 밤늦게까지 일하고서 대강 구석에 세워놓은 오토바이로 풍성한 발걸음을 옮긴다. 오토바이에 올라 신당동 '이공김밥'으로 아침을 먹기 위해 넘어간다.

이 식당은 요즘 나의 글쓰기 공간이 되어주고 있는 '탑클래스 PC방' 바로 근처에 있는 밥집이다. 문을 열고 들어가면 테이블 세 개 정도의 아담한 공간에, 큼직한 TV가 한쪽에 걸려 있다. 김밥은 2,000원부터, 떡만두국과 덮밥류는 5,000원, 찌개류와 돈까스류는 5,500원, 제일 비싼 건 6,000원이다. 가격이 저렴해서 큰형님과 함께 요즘 '1일 1이공김밥'을 하고 있는 중이다. 여기에 들어와서 가격표를 보면 무료급식소에 온 느낌이 들어 행복해진다. 하지만 그것뿐이라면 그저 흔한 저렴한 식당 중의 한 곳일 뿐이다.

이곳 아줌마들이 3명 정도인데, 피크 시간대에는 같이 일하고, 피크가 끝나면 시간을 나누어 일하신다. 어제 저녁은 사장님 아줌마가 계셨지만, 오늘 아침은 다른 아줌마가 계신다. 두 테이블에는 이미 단골손님들이 와서 식사하고 계셨다. 들어가 앉아 메뉴를 고르는데, 마침 가스레인지 위에 오늘 팔 불고기를 끓이고 계셨다.

"아줌마, 불고기 덮밥 돼요?"

"어? 마침 그거 끓이고 있었는데! 아까 제육볶음 준비할 때는 다른 손님이 제육덮밥을 주문했었는데. 신기하네 ^^"

"그게 불고기인 거 같았어요."

시간이 조금 흐른 후, 덮밥을 내오시며 말씀하신다.

"많이 드렸어요."

'음? 아침이라 많이 먹고 싶지 않은데…'라고 속으로 말한다. 요즘은 생각나는 대로 다 내뱉지는 않기 때문이다. 많이 주셨는데, 이걸 남길 수는 없으니 참 곤란한 상황을 만났다. 그렇게 음식을 앞에 두고 심호흡을 한다. 양을 보니, 갈 길이 멀다고 느껴져 천천히 꼭꼭 씹어 먹어야겠다는 생각이 들었다.

여기 세 아주머니는 생김새와 나이는 서로 다르시지만, 두 가지 공통점이 있다. 하나는 연말 기념으로 빨간색 비니모자를 쓰셨다는 것이다. 비니모자 한쪽에는 'LFC'라고 쓰여 있어, 처음 봤을 때 KFC 짝퉁인가 싶었다. 왜 그랬는지 모르겠지만, 어제 사장님 아줌마에게 굳이 쓸데없이 그 말을 해버렸다. 그러자, 아주머니는 안 그래도 그래서 LFC를 다시 재정의하셨다고 재치 있게 받아주셨다. '이(Lee)공 Factory Company'로.

나의 이런 급작스럽고 부정스러운 엉뚱한 말에 사람들은 보통 표정을 찡그리거나 냉소적으로 반응하는데, 사장님 아줌마는 달랐다. 부정스러운 말을 긍정의 힘으로 뒤엎는 걸 보니, 느낌상 보통이 아니라는 게 느껴졌다. 무림의 고수를 만난 듯, 쉽지 않은 분이라는 직감이 들었다.

두 번째는 이 글의 주제처럼 하나같이 많이 주는 인심을 가졌다는 공통점이다. 덮밥을 받은 순간, '이분은 내 위장을 힘들게 하려는 걸까?' 아니면 '안 그래도 저렴한데 더 많이 주어 자꾸 오게 만들려고 하시는 걸까?'라는 괜히 또 이런저런 의심이 들기 시작했다. 하지만 이미 밥 위에 엎어진 덮밥을 바라보며 되돌리기에는 늦은 게 아닌가 싶어, 순응해야 할 것 같았다.

그렇게 생각을 멈추고, 씹고 삼키는 일에 집중하고 있는데, 두 여자가 김밥을 사러 왔다. 한 여자는 들어오고, 한 여자는 밖에 서 있었다. 아주머니는 마음이 불편하셨는지 말씀하셨다.

"안으로 들어와요."

"아니, 괜찮아요."

"밖은 추운데…."

그래도 그분은 꿋꿋이 밖에 서 계셨다. 가급적이면 남의 상황에 간섭하기 싫어하는 나는 '아마도 저분은 시원한 걸 좋아하시나 보다.'라는 생각에 아무 말도 하지 않았을 것이다. 하지만 아주머니는 남이 편안해야 자신의 마음이 편하신 듯했다. 그렇게 참치김밥을 왕 두껍게 싸시고는 "많이 드렸어요. 마요네즈를 따로 더 담아줄까?"라며 역시 끊임없이 더 주려는 마음을 내셨다.

나는 덮밥 처리에 최선을 다했지만, 역시 고기가 너무 많았다. 가만 생각해 보니, 『논어』에 나온 공자님 식생활 중에 '고기를 좋아했으나 밥보다 많이 먹지는 않았다.'라는 구절이 떠올랐다. 밥보다 고기를 많이 먹으면 속이 부대껴서 그런 것 같다. 주인공은 밥이기 때문이다.

"아줌마, 밥 좀 더 주세요. 고기가 조금 남았어요."

아주머니가 한 번 밥을 푸고, 다시 주걱을 밥솥에 넣으려던 찰나 순간 정신이 번쩍 들었다.

"아줌마! 조금만 주세요."

단골손님이 많아 아침 6시부터 문을 열어야 한다는 사장님 말씀을 알 것 같다. 『논어』에 다음과 같은 말이 있다.

子曰(자왈) 德不孤(덕불고), 必有隣(필유린).

공자께서 말씀하셨다.

"덕은 외롭지 않으니, 반드시 이웃이 있다."

– 『논어』 「이인」

덕이 있는 자는 혼자 고립되는 일이 없어서 거주하는 곳에 늘 이웃이 있다는 말이다. 가끔 단번에 관계를 끊어 혼자가 되는 상황을 곧잘 마주하기에 이 말은 내 기억에 남는 구절이다. 덕(德) 있는 김밥집에는 늘 찾는 이웃 같은 단골이 있는 것이다.

4장

내가 배운 것과는 다른 사회의 모습

도로 위에 끼인 존재

오토바이는 자동차와 자전거 사이에 끼인 존재다. 도로는 자동차를 중심으로 교통 체계가 짜여 있다. 예를 들어, 오토바이가 유턴이 된다 할지라도, 자동차가 유턴할 공간이 안 나오면 둘 다 유턴이 금지된다. 또, 오토바이와 자동차가 양방향으로 다닐 수 있다 할지라도, 자동차가 양방향으로 통행이 안 되면 둘 다 양방향 통행이 금지되어, 일방통행이 되어버린다. 지금의 도로교통법은 오토바이를 생각해주지 않는다. 그냥 주류인 사륜차에 맞춰 다녀야 한다.

오토바이를 몰다 보면, 이런 답답한 상황을 종종 마주한다. 할 수 있는데, 할 수 없도록 법이 금지한 경우를 말이다. 지금의 도로교통법은 오토바이 운전자들에게 더욱 깊은 인내심을 강요하는 것이다. 이 역차별에 순응해야 할까? 저항해야 할까? 오토바이를 타다 보니, 참 많은 생각이 든다.

도심에 배달 오토바이가 적지 않음에도 불구하고, 우리는 사실 없는 존재처럼 취급당한다. 그런데 신기하게도 몇 안 되는 자전거 유저들을 위해, 자전거 도로가 새로 만들어지고 있다. 우리가 제대로 된 법적 보호 없이, 불안전하게 이용하던 차선 맨 바깥쪽에 합법적인 자전거 도로가 깔리고, 심지어 횡단보도 한 쪽에 자전거를 타고 건널 수 있는 공간까지 합법적으로 만들어놓았다.

이런 걸 보노라면 또 이런저런 생각이 든다. 이미 그렇게 사용하고 있는 다수의 사용자를 위해 어떤 법적인 비보호 틀조차 만들어줄 생각은 하지 않으면서, 미래를 위해 필요할 수도 있는 불확실성에는 과감하게 돈을 쓴다. 도심에서 개인 교통수단이 발달하고 있는 지금, 과연 자전거와 전동킥보드 중에 무엇이 더 활성화될지 내심 궁금해지기도 한다.

그렇게 무거운 오토바이는 여전히 횡단보도에서 내려 끌고 가야 하는데, 그에 비해 가벼운 자전거는 이제 타고 건널 수 있게 되었다. 하지만 예나 지금이나 법이 금지하고 경찰이 딱지를 남발해도, 여전히 대다수의 배달 오토바이는 횡단보도를 타고 건너고 있다.

이쯤 되면 오토바이를 '그냥 없는 존재' 또는 '보호가 불필요한 문제아'처럼 취급하는 인식이 공무원 마인드에 자리 잡고 있는 것이 아닌가 싶다. 나는 불공평한 정책 때문에, 지금껏 우리가 많은 인내를 해왔다고 생각한다.

나는 고전 읽는 배달라이더다

이번 『주역』 강의에서 택뢰 수괘를 배웠다. 그중에 저 구절이 있다.

隨時之義(수시지의) 大矣哉(대의재).

"때에 따르는 뜻이 위대하도다."

– 『주역』 「택뢰 수」

이륜차를 단순히 사륜차로 분류해버리는 행정편의주의로 인해, 우리가 이런 불합리한 대우를 받아야 하는 때를 만난 것이다. 우리도 생각해달라는 큰 입을 가지지 못해 바꿀 수 없는 현실이라면, 따르는 것이 마땅한 것이다. 그래야 위대해질 수 있다는 말이다.

여기서 위대하다는 말은 '때를 따르는 마땅함'을 추구해야, 자신에게 이익이 된다는 것이다. 다른 누구를 위해서도 아닌, 자기 자신을 위해서 그렇게 해야 한다.

P S. 오토바이를 끌고 건너는 게 사실 전 싫었습니다. 그래도 우선권에 대한 생각은 갖고 있어서, 횡단보도 바깥쪽으로 서행하거나 사람들이 대강 다 건너면 뒤이어 건너기를 여러 번 했었죠. 하지만 경찰한테 걸리면 벌금을 냈고, 벌점을 받았습니다. 그러다가 다른 벌점까지 더해져 교통안전공단에 교육을 받는 신세가 됐습니다. 거기 가서 교육비가 10만 원이 넘게 들었고, 이

틀이라는 시간까지 소비했습니다. 그런 큰 손해를 겪고 나서야 알았습니다. 결국 나만 손해라는 것을. 많은 배달 오토바이 운전자들이 그 부당함에 울분이 쌓이겠지만, 끌고 건너가는 것을 추천드립니다. 다른 무엇도 아닌, 자기 자신을 위해서!

잘 포장된 약육강식

2019년 가을쯤에 새로운 프로모션이 있었다. 배달시간 이내 배달 완료 시, 거리에 따라 500~1,500원을 더 준다는 내용이었다. 한 달 동안, 이 이벤트가 적용됐다. 건당 평균 1,000원 정도를 더 준다는 말에 대부분이 배달시간을 달성하려 했고, 나 역시 신경 쓰이는 건 어쩔 수 없었다. 그래서 간혹, 시간 내에 갈 수 있는 걸 먼저 갖다 주고, 어차피 늦는 건 두세 번째로 갖다 주는 얄팍한 잔머리를 굴리기도 했다. 단돈 1,000원이지만, 서민 계층의 삶을 살아가면서 신경 쓰이지 않을 사람은 거의 없을 것이다.

한 달 후, 이 이벤트성 프로모션이 없어지고, 이 자료를 토대로 배달 구역별 시간 설정이 각기 다르게 적용됐다. 전에는 다 같은 배달시간을 적용했는데, 이제는 아니다. 아마도 이 데이터를 수집하기 위해 한 달여 동안 우리의 스피드를 체크한 것이리라. 기존 데이터로 해도 될 텐데, 굳이 위험하게 돈을 더 주면서 라이더들을 질주시킨 이유는 무엇일까?

그러한 결과를 토대로 가까운 지역의 배달 시간은 20분 정도로 단축됐다. 그러면 음식 조리 10분을 빼면 배송시간은 10분이 남는다. 음식 조리가 늦어지면 시간은 더 줄어들게 된다.

물론 그 시간 안에 배송하지 않아도 괜찮다. 센터에서 시간 달성을 요구한 적은 없다. 하지만 문제는 피크시간이다. 시간이 초과하여 빨갛게 변한 콜을 보고서, 마음을 급하게 먹지 않을 라이더는 또 얼마나 될까?

그런데 몇 달 후에는 배민에서 '번쩍 배달'이라는 서비스가 추가로 신설됐다. 빠른 배달에 대한 업체들 경쟁은 예나 지금이나 변함이 없다. 도미노 피자의 30분 내 배달, 쿠팡의 치타 배달 등 이름을 달리하면서 그 족보를 계속 이어오고 있을 뿐이다.

그들은 우리에게 계속해서 빠르게 다니기를 요구해왔다. 그렇게 빠르게 다닌 결과, 고객들은 지금의 배달 속도가 정상이라는 생각을 하고 있을 것이다.

우리는 한 건을 배달하는 데, 몇 번의 도로교통법을 위반해야 할까? 물론 과한 콜 욕심으로 큰 사거리 신호조차 무시하는 사고 유발 라이더들도 있다. 하지만 일부는 일부일 뿐이다. 그런 일부는 차치하고, 과연 이런 시스템의 구조하에서 대부분의 라이더는 얼마만큼 자유로울 수 있을까? 자신이 속한 이 자본주의 시스템을 초월해 마음을 평온하게 유지하며 살아갈 수 있는 경지에 오른 서민은 몇 명이나 될까? 『논어』에 다음의 구절이 있다.

草上之風(초상지풍), 必偃(필언).
풀 위에 바람이 불면, 풀은 반드시 눕게 마련이다.

– 『논어』 「안연」

『논어』에서 유명한 구절 중 하나다. 풀은 큰 바람에 휩쓸릴 수밖에 없는 존재라는 말이다. 서민은 '돈'이라는 바람에 손쉽게 휩쓸릴 수밖에 없다. 배달이륜차 사고율이 낮아지지 않고 늘 그 모양인 것은 시스템의 구조적인 문제가 있는 것이다. 하지만 근본 문제에는 관심이 없고, 바람에 따라 움직이는 풀들에만 너무 책임을 지우고 있는 것은 아닐까?

12월부터 오토바이 사고 예방을 위해 대대적으로 단속하겠다는 고용노동부와 경찰청의 광고를 볼 때마다 마음이 씁쓸하다. 이런 시스템을 만들어내는 업체들은 단속하지도 못하면서, 바람이 불면 누울 수밖에 없는 풀만 단속해서 무엇이 달라질까? 업체들은 자기들이 다치거나 벌금 내는 게 아니니까 계속해서 풀들을 유혹할 뿐이다. 그렇게 딱지를 열심히 끊어봤자, 경찰 본인들의 직업적 쓸모를 느끼는 것과 일시적인 효과 이외에 무엇이 크게 달라질까?

근본적인 대책을 내놓지 못하는 그런 구태의연한 모습을 볼 때마다, 그냥 벌금 수입을 유지하고 싶어 하는 듯한 느낌이 든다. 또 아니기를 바라지만, 혹여 억울한 경우를 당하더라도 소송을 걸 만한 돈과 시간이 없는 사람들이라 경찰이나 업체나 손쉽게 취급하는 것이 아닐까 하는 생각이 들 때도 있다. 그렇게 은연중에 서로 마음을 합쳐서 손쉬운 방법만을 고수한 채, 손쉬운 사람들만 상대하고 있는 듯하다. 겉으로 보이는 포장지는 교통질서 확립이고, 본질적인 이유는 약육강식의 자연 논리를 따르는 듯하다.

범칙금 끊을까요?

도로 위에서 행해지는 배달일은 도로의 감시자인 경찰들과 맞닥뜨리지 않을 수 없는 직업이다. 친절한 공무원 마인드를 가지신 분들도 계시지만, 내가 겪어 본 몇몇 경찰 마인드는 정해진 법에 따라, 위반 시 딱지를 끊는 기계적인 일만을 할 뿐이었다. 나는 위반하는 라이더를 붙잡고 공손한 말로 계도하는 경찰을 별로 보지 못했다. 계도 이벤트 기간은 제외하고.

계도 이벤트 기간이 아닌데, 한 번 계도를 받은 적이 있었다. 비록 거친 방법이었지만 말이다. 혜화역 3, 4번 출구 쪽으로 나와 성균관대학교로 향하는 두 길목을 보면 각각 일방통행으로 정해져 있다. 대학로CGV가 있는 4번 출구 쪽은 늘 사람들로 붐비고 사람과 자동차가 구분 없이 함께 다니는 길이다. 그에 반해 3번 출구 쪽 소나무길은 늘 한산하고, 인도와 차도가 구분되어 있어 서로가 안전한 통행이 가능한 곳이다. 그래서 그런지, 주로 소나무길이 일방통행임에도 불구하고 역주행하는 라이더들이 많다.

그날 나도 한산한 소나무길을 역주행하고 있었다. 맞은편에서 차가 오더라도 한쪽에 붙어 비켜주면 차가 여유 있게 지나갈 수 있기 때문이다. 그런데 그날은 맞은편에서 경찰차가 오고 있었다. 속으로 뜨끔했지만, 늘 하던 대로 자연스레 한쪽에 붙어 지나가도록 길을 내주었는데, 그분은 굳이 경찰차를 내 앞으로 바짝 몰면서 나를 점점 몰아세웠다. 그렇게 경찰차는 10초간 내 앞길을 막고 서서 나에게 무안을 주는 상황을 연출했다. 10초 정도가 지나 방향을 틀어 내 옆으로 지나가면서 창문을 내리고 말하셨다.

"여기는 일방통행 길(=법령)이에요."

"네, 죄송해요. 저쪽 길은 사람이 붐벼서 그랬어요."

"범칙금(=형벌) 끊을까요?!"

순간 분이 올라옴을 느꼈다. 범칙금을 끊을지 말지 나한테 묻는 것도 이상하지만, 또 나한테 강압적인 목소리로 물어보는 건 왜일까? 봐주려는 것일까, 아니면 변명하지 말고 그냥 잘못했다고 말하라는 것일까?

그 말에서 나는 위에서 강압적으로 누르려는 그의 권위의식이 느껴졌다. 속된 말로 '당신 사정은 관심 없고, 법령을 위반했는지 안 했는지만 인정하세요.'라는 듯한 말로 들렸다. 길 사정상 그렇게 행동했던 면도 있는 건데, 그분은 그저 정해진 법의 잣대로만 판단하고 나를 누르려고 할 뿐이었다.

사실 대다수의 일방통행 길은 자동차와 오토바이가 서로 같이 지나갈 수 있는 공간이 나온다. 하지만 법은 이륜차든 사륜차든 둘 다 일방으로만 다니라고 정해놨기 때문에, 불만이 있더라도 지켜야 한다. 보행자들과 서로 불편해지고 싶지 않다고 해서 이 소나무길을 역주행하는 것도 안 된다.

하지만 그 경찰의 신경질적인 발언은 나를 분노에 휩싸이게 했다. 그럼 이제 일방통행에 맞게, 대학로CGV 앞의 붐비는 사람들 사이사이를 지나가야 한다. 그 길은 사람과 차가 함께 다니는 길로 법령이 정하고 있으니, 나 또한 그 길로 다녀야 한다. 어떤 사람은 불편해하기도 할 것이고, 어떤 사람은 놀라기도 할 것이다. 또, 본의 아니게 사람과 접촉이 있더라도 어쩔 수 없는 일이다. 나는 법령에 맞는 길로 진행 중이었고 우연한 사고였을 뿐이니까. 시비가 붙더라도 법령에 근거해서 나를 최대한 보호하려는 노력만 하면 되는 것이다. 이것이 『논어』에 '형벌을 피하려고만 하고 부끄러움을 모른다'는 경우이다.

권위적인 말투에 분이 오른 나머지 이런 생각이 떠오르지만, 현재는 그 두 가지 길을 포기하고 큰 도로로 돌아서 다니는 중이다. 만약 경찰관들이 상대방의 말을 들어보고, 그렇게 처신한 입장을 '덕(德)'과 같은 넓은 포용력으로 이해하는 모습을 보이고, 현실 법령의 부득이함을 설명하는 '부드러운 예'로 라이더를 대한다면, 우리도 이해할 수 있지 않을까? 『논어』의 말처럼 '부끄러움을 알고 스스로 바로잡으려' 하지 않을까?

하지만 이것이 이상에 불과할 수 있다는 걸 알고 있다. 우리는 사람을 온전히 믿어줄 수 있는 사회가 아닌 법가의 시대를 살아가고 있기 때문이다. 그렇기에 경찰들이 이런 선의를 가지고 모든 위반자를 방관하는 걸 나 또한 바라지 않는다. 다만 적어도 이해하려 들어주고 현 법령의 부득이함을 부드러운 말로 고객 대하듯이 하고 나서, 그러한 후에 단호히 딱지를 끊으면 어떨까 싶다. 경제적인 고려 없이 완전 평등이 적용된 4만 원 딱지의 현실은 일단 차치하더라도, 정신적인 충격을 받을 만한 형편에 있는 사람을 고려해서 최대한 마음만은 상하지 않게 해주려는 노력이 필요한 것이다.

정해진 법령만을 말하고 범칙금으로만 바로잡으려 하면, 라이더들이 합법적인 길로 달리겠지만, 합법이라는 미명 하에 행인에게 위협을 가하게 되더라도 부끄러움이 없게 될 것이다. 반면에 넓은 포용력의 덕으로 대하고 정중한 예의로써 법을 지켜야 함을 설명하면, 스스로 부끄러움을 느껴 스스로가 바로잡으려는 마음이 싹틀 것이다. 다음 『논어』의 구절과 같다.

子曰(자왈) 道之以政(도지이정) 齊之以刑(제지이형), 民免而無恥(민면이무치). 道之以德(도지이덕) 齊之以禮(제지이예), 有恥且格(유치차격).

나는 고전 읽는 배달라이더다

공자께서 말씀하셨다.

"법령으로 다스리고 형벌로 바로잡으면, 백성이 형벌을 피하려고만 하고 부끄러움을 모른다. 덕으로 다스리고 예로 바로잡으면, 백성이 부끄러움을 알고 마음이 바르게 될 것이다."

– 『논어』 「위정」

법령과 형벌을 쓰는 것은 사람들에게 법에 맞게 처신해야 한다는 인식만을 머리에 심어줄 뿐이고, 덕과 예를 쓰는 것은 고쳐야 한다는 사실을 가슴에 심어주는 일이다. 그렇기에 껍데기 효과만 있는 법령과 형벌만을 쓰려 하면 안 되고, 근본적인 효과가 있는 덕과 예를 써야 한다는 말이다.

공자는 마지막까지 인간에 대한 믿음을 저버리지 않은 사람이다. 적어도 예의로써 상대방에 대한 믿음을 져버리지 않은 후에 범칙금을 끊어도 늦지 않을 것이다.

경찰들도 꿀을 좋아하나요

2019년 12월이었다. 라이더들은 차가 막히면 가장자리의 하수구길 위를 달리거나, 직진 차로보다는 여유가 있는 좌회전 차로의 원활함을 이용한다. 그렇게 양 사이드를 통해 대기 중인 차량들 맨 앞 선두에 서곤 한다. 대학로를 중심으로 일하다가 황학동에 있는 B마트를 중심으로 새로이 적응하고 있는 요즘, 그날도 좌회전 차선을 이용해 맨 앞으로 나가 신호가 바뀌기를 기다리고 있었다.

그곳은 신설동역 오거리로 매우 큰 교차로여서, 출퇴근길 시간대에 가끔 경찰들이 교통관리를 하는 곳이다. 마침 교통관리를 하던 경찰 중 한 명이 반대 차선에서 건너와, 나에게 공손한 말투로 한쪽에 대 달라는 말을 하셨다. 찝찝한 마음으로 한쪽에 오토바이를 대니, 차선 변경을 위반했다는 말씀을 하셨다.

돌아보니, 내가 좌회전 차선이라고 생각했던 곳이 유턴만 되는 차선이었다.

나는 고전 읽는 배달라이더다

유턴만 되는 차선은 앞으로 전진이 금지되기 때문에, 땅바닥에는 황색 선이 빗질하듯 그어져 있다. 그런데 신기하게도 나를 시작으로 오토바이들이 줄줄이 걸려서, 내 뒤에 차례로 줄을 서는 진풍경이 벌어졌다. 위반하는 오토바이를 하나씩 잡다 보니, 신호를 한 번 기다리는 사이에 3명이나 걸린 것이다.

차선 변경 위반이라서 무벌점에 벌금만 2만 원이었다. 벌점이 없어 다행이라는 생각을 하면서도 찝찝한 마음은 가시질 않았다. 안전을 위해서 그렇게 하시면 안 된다는 경찰 아저씨의 그 '안전'이라는 말이 마음에 걸렸다.

"경찰 아저씨, 그러면 저기 인도와 차도 사이의 좁은 하수구 길로 오는 건 괜찮아요?"
"거긴 괜찮습니다."

그럴 바에야, 차라리 비어 있는 넓은 차선을 이용하는 게 더 안전하지 않을까 싶었다. 사실 좁은 하수구길 역시 합법적인 길은 아닐 것이다. 거기는 이륜차도 겨우 지나갈 만한 공간이기 때문이다. 결코, 이륜차 통행을 위해 만들어진 곳이 아니다. 법적 근거가 없기에 유사시 독박을 쓸 가능성도 있다. 하지만 교통 체증 해소를 위해 모른 척 눈감아주고 있을 뿐이다.

하수구 길을 가는 건 이륜차니까 괜찮고, 내가 했던 행동은 이륜차가 아니라 사륜차 법을 적용한 것이니, 위반이다. 배달 이륜차는 그저 코에 걸면 코걸이, 귀에 걸면 귀걸이 식으로 취급당하고 있을 뿐이다.

우리는 법에 명시되어 있듯 자동차처럼 다녀야 하는 오토바이다. 엄연히 다른 사륜차와 이륜차를 동일하게 사륜차라고 취급하는 법령에 매번 답답함을 느끼지만, 우리를 대변해 줄 사람은 없다. 이런 취급을 당할 바에야, 차라리 법에 맞게 배달 오토바이들이 모두 차선을 점유하여 자동차처럼 다니는 게 낫겠다는 생각이 들 때도 있다. 그렇게 종로·중구 도로가 오토바이와 차들로 길게 늘어서 있는 진풍경을 맞이하는 게, 이런 상황을 겪어야 하는 것보다는 나을 것 같다.

어쨌든 이렇게 줄지어 딱지를 받는 진풍경이 신기하고 재미있어서 단톡 수다방에 얘길 했더니, 누군가 대답하기를 "거기 잘만 하면 수백만 원 땡기는 자리다."라고 하셨다. 경찰들에게 있어 이 자리는 손쉽게 실적을 올릴 수 있는 '꿀자리'라는 뜻으로 말한 것이다. 사실 경찰들도 매일 딱지를 끊다 보니, 다 알고 있을 것이다. 어느 자리에 가야 오토바이들을 손쉽게 엮을 수 있는지를.

반면에 딱지 끊기 좋은 그 꿀 자리에는 다른 곳처럼 시선 유도봉 같은 장애물을 설치해놓을 생각은 하지 않는다. 어차피 유턴만 가능하게 황색선을 그

나는 고전 읽는 배달라이더다

어놓은 것만으로 충분하다고 여기는 듯하다. 좀 더 나은 개선책을 내놓아야 하는 현장 공무원의 임무보다는 그냥 위반하는 오토바이들이 문제라고 생각하고 있는 듯하다.

그렇지만 신호 한 번 기다리는 데 세 대나 위반하는 상황을 어떻게 생각해야 할까. 과연 오토바이들이 법을 안 지킨다는 데에만 혐의를 둘 수 있을까. 왜 오토바이의 '안전'을 위해 시선 유도봉 같은 적극적인 개선책은 시행하지 않을까. 이런 상태를 내버려 두고 관행적으로 '안전을 위해' 딱지만 끊고, '안전을 위해' 개선하려 함이 없는 현실을 어떻게 받아들여야 할까. 이것은 맹자의 말마따나 '하지 않는 것이지, 할 수 없는 일은 아닐 것(不爲也, 非不能也)'이다.

혹시 꿀을 좋아하는 데 있어서 경찰들과 우리가 별반 다르지 않은 것인가?

개인사업자는 개인사업자답게

2019년 11월 초, 부당한 근무 지시를 받은 배달대행 기사들을 근로자로 인정했다는 뉴스가 나왔다. 진정을 제기한 요기요 배달기사 5명을 노동부에서 근로자로 인정했다는 것이다.

이 파장은 결국 1위 업자인 배민라이더스를 긴장하게 했다. 그래서 그런지 최근에 근로시간 스케줄을 없애고, 휴무일만 정하는 방식으로 스케줄 관리가 느슨해졌다. 요새는 휴무일 신청도 아예 없애버렸다.

따로 스케줄을 안 받는다는 말은 단체문자로 하지 않고, 스케줄 신청 링크만 조용히 없애버릴 뿐이었다. 스케줄 관리가 없어진 줄 모르는 라이더들은 휴무일 신청을 어디다 해야 하는지 묻지만, 관제는 대답 없이 그냥 조용할 뿐이다.

작년 4월에 배민에 입사할 때부터, 개인사업자로 계약을 했는데 왜 스케줄을 보고해야 하고 업무 통제까지 받는지 잘 이해가 안 됐다. 또 재미있었던 건, 출근날 안 나오면 전화를 하지만, 반대로 휴무일에 출근하는 건 통제하지 않는 것이었다. 이상했다. 출근을 통제할 거면, 휴무일에 출근하는 것도 통제해야 하는데, 그렇지 않았다.

그래서 나는 짧게 스케줄을 넣어놓고 내 맘대로 더 늘려서 하는 방식을 택했다. 그게 나에게 유리하기 때문이다. 그러다 관리자들에게 얄밉게 일한다는 얘기를 동료를 통해 전해 듣기도 했다.

간접적으로밖에 할 수 없는 건, 떳떳하지 못한 이유가 있기 때문이다. 사실상 지금껏 해온 건 허상이다. 실제로 개인사업자라 근무 터치가 불가한데, 그렇게 할 수 있는 척해 온 것이다. 그렇게 많은 라이더가 개인사업자답지 않은 근무 형태에 맞춰 일해왔다. 이름에 걸맞지 않게 일해온 것이다. 『논어』의 다음 구절과 같다.

君君(군군), 臣臣(신신), 父父(부부), 子子(자자).
임금은 임금답고, 신하는 신하다우며, 부모는 부모답고, 자식은 자식다워야 한다.
- 『논어』 「안연」

논어의 유명한 구절이라 여러 곳에서 인용되는 말이다. 임금과 신하는 사회의 위치를 말하고, 부모와 자식은 가정의 위치를 말한다. 직장에서나 가정에서나 그 위치에 걸맞게 해야 한다는 것이다.

하지만 상황이 그러해서 나도 내심 눈치 보며 어느 정도 발맞추지 않을 수 없었다. 그런데 이제는 눈치도 볼 필요가 없게 되었다. 일하고 싶으면 일하고, 일하기 싫으면 일하지 않는 프리랜서가 된 것이다. 정해진 스케줄에 맞춰 일하라는 족쇄가 풀렸으니, 우리는 어떻게 달라질까? 내심 궁금해진다.

비 소식이 연달아 있는 즈음이다. 그래서 후발 업체인 쿠팡이츠에서는 매일 카톡으로 한 건당 5,000원 할증 또는 6,000원 할증을 외치며 배달대행 기사들이 일을 시작하게끔 독려하는 중이다. 그러다 고작 10분 후쯤에는 할증 해제라는 말이 날아오긴 하지만 말이다. 이제 비 오는 날처럼 일하기 궂은 날은 자본주의 시대의 본색인 '돈'으로 우리를 유인할 수밖에 없는 것이다.

오늘은 정오부터 종일 비가 내린다는 소식이다. 그래서 공지사항에는 5건을 하면 5,000원을 추가로 준다는 미끼가 던져져 있다. 물고 싶기도 하지만, 개인적으로 비 오는 날은 일하고 싶지 않은 마음이 더 크다. 그래도 비가 안 오는 한두 시간 정도는 하고 싶기에, 1시간 정도 일해서 일용할 식량 정도의 수입을 손에 쥐었다.

이제 비가 내리기 시작한다. 다음 일정까지는 시간이 좀 비지만, 굳이 비를 맞으며 더 할 필요는 없다. 조금은 당당해진 마음으로 근무용 앱을 종료한다. 할증이 꽤 높지 않으면, 이제 비 오는 날 일하는 라이더가 많이 적어지지 않을까 싶다. 나는 매우 높지 않으면 안 할 것 같다.

이제 어느 정도 개인사업자다운 면모를 갖춰가는 듯하다. 이름에 걸맞게!

자연을 잃어버린 신체

어릴 적부터 새벽 1~2시까지 일하시는 부모님 밑에서 자라다 보니, 밤늦게까지 일한다는 데에 별다른 의심을 해보지 않았다. 집 근처 피자집에서 오전 11시부터 밤 11시까지 12시간 동안 풀타임으로 일하는 데 있어서도, 별달리 이상하다는 느낌이 들지 않았다. 밤늦게까지 일하는 게 전혀 이상하지 않았고, 마치 당연한 것처럼 인식하며 살아온 것이다. 근 20년 동안.

지금 일하고 있는 배달의 민족에서도 자정까지 일하기를 즐겨했다. 하지만 책 속에서 그 구절을 읽고 나니, 이제는 정말 즐겨한 건지조차 의심이 들기 시작했다. 『캘리번과 마녀』라는 책은 자본주의의 민낯을 그대로 드러내 보여준다. 개인적으로 그 충격의 정도를 가늠할 수가 없다. 그만큼 이 세상은 잔인함 그 자체였다. 그중에 한 구절이 나의 지난날을 돌아보게 했다.

자본주의는 모든 자연스러운 삶의 즐거움을 우리에게서 박탈하고자 한다. 또한 자본주의는 자연(=본성)이라는 장벽을 깨뜨림으로써, 또한 전 산업사회에서 그랬던 것처럼 노동일을 태양, 계절적 순환, 신체 그 자체의 한계 이상으로 연장함으로써 '자연 상태'를 극복하고자 한다.

－『캘리번과 마녀』(갈무리), 197쪽.

소유라는 개념이 없이 다 같이 동네 땅을 일구며 살던 머나먼 시대를 지나, 노동시간을 팔아야 하는 현시대에 우리는 태어났다. 하필 태어나보니, 내 땅은 없는 것이다. 한 걸음 더 나아가, 해가 뜨면 일어나고 해가 지면 집으로 돌아가던 생활에서, 해가 져도 집으로 돌아갈 수 없는 시대를 우리는 살아가고 있다.

해가 긴 여름과 해가 짧은 겨울을 기계적인 시간 단위로만 보여주는 핸드폰 시간을 보며, 해가 길건 짧건 밤낮을 구분하지 않고, 같은 노동시간을 일하며 우리는 참 열심히 살아간다. 그렇게 해서 우리는 수렴하는 음의 기운이 가득한 밤에 오히려 거꾸로 발산하는 양의 기운인 육체노동을 하고 있다. 우리는 스스로 해와 달을 넘어서서, 자연을 이겨보려 하고 있다고 저자는 말하고 있다.

최근에 같이 일하시던 동료분이 심장마비로 돌아가셨다는 말을 들었다. 그분은 센터에서 가장 열심히 일하기로 유명하신 분이었다. 평소 같았으면 '열심히 생계를 꾸리다가 안타까운 운명을 맞이하셨구나.'라며 '아, 훌륭한 가장이셨다.'라고 치부했을 것이다. 하지만 이 자본주의의 구조를 파헤치는 책을 읽고 있는 지금은, 그 죽음이 다르게 느껴진다. 낮과 밤을 가리지 않고, 자연을 거스르며 자연을 넘어서려다 그렇게 가신 게 아닌가 싶다.

이 산업사회는 우리에게 밤에도 일할 수 있는 생활 체계를 선물했다. 달이 떠 있는 밤에도 마치 환한 대낮처럼 노동할 수 있다고 착각하게 만드는 것이다. 마치 밤에 환한 형광등을 보고, 낮이라고 착각하고 사는 양계장의 닭들처럼.

밤에는 특별히 손에 돈을 조금 더 쥐여주고서, 더 일할 수 있도록 우리를 격려해왔다. 그러면 나는 자연을 거스르며 스스로 생명력을 깎아 먹고 있으면서도, 지금껏 조금 더 주는 그 코인에 오히려 고마워했다. 자본주의의 지배 계급층들을 위해 열심히 살아왔던 것이다.

가끔 나보다 더 열악한 노동 시간대인 새벽에 일하시는 환경미화원 아저씨들을 지나칠 때마다, 뭔가 가슴이 먹먹해짐을 느꼈다. 하지만 이제는 명확히 알 것 같다. 나는 그래도 밤늦게까지 일하는 정도지만, 저분들은 자연을 이미 초월하신 것처럼 밤부터 새벽 내내 일하고 있기 때문이다.

밤낮을 구분할 수 없고, 봄 여름 가을 겨울을 구분할 수 없고, 내 체력의 한계를 이미 알 수 없게 되어버린 지금의 내 몸 상태를 보노라면, 정말 자본주의에 길들여진 기계적인 신체가 됐다는 걸 실감한다. 해가 지면 일하기 힘들다는 몸의 신호를 무시하며 살아온 지가 너무 오래된 것 같다.

밤에 몸이 피곤하면 커피로 몸을 마비시키면서까지 우리는 참 열심히 살아간다. 그렇게 누군가의 생명력에 의해 만들어졌을 상품을, 다시 우리가 구매하고, 또다시 그런 상품을 만드는 일에 생명력을 바치는 삶인 것이다.

프롤레타리아트는 여전히 지배계급에 의해 지배당하고 있다. 그들은 자신의 노동자를 격려하길 즐기지만, 나눠 갖는 걸 별로 좋아하지 않는 습성은 여전하다. 향후 몇백 년이 지나더라도 그러고 있겠지.

하지만 프롤레타리아트 계층의 불만이 한계치에 이를 때쯤이면 기본소득이라는 제도가 급격히 논의될지도 모를 일이다. 왜냐하면 그들은 이 계급 구조를 지키고 싶기 때문이다. 미국의 부유세도 이런 맥락에서 논의가 시작됐다는 말이 있는데, 그 말에 왠지 믿음이 간다.

그럼 우리는 이 자본주의 구조하에서 어떻게 살아야 할까? 그건 나도 잘 모르겠다. 각자 알아서 판단하며 필요에 맞춰 살아갈 뿐이다. 그럼에도 불구하고, 밤에 노동해야 하는 처지에 있는 사람도 있을 테니까. 나도 돈이 필요하면 밤에 일할 수 있다.

어쨌든, 실비아 페데리치의 말마따나 자연을 거슬러 살아왔다는 생각이 들어, 오후 7시가 되어 집으로 돌아왔다. 그렇게 밤 9시 반이 넘어가니, 내 몸이 자고 싶다는 신호를 보내옴이 느껴졌다. 마비되었던 신경이 돌아오는 걸까?

일몰 후 노동을 별로 하고 싶지 않은 지금부터는 부득이 알바 스케줄에 변동이 있을 것 같다.

예나 지금이나, 한결같은 사람들

어제 목요일에 열리는 이야기 역사 세미나에서 『캘리번과 마녀』 2장을 읽었다. 그중에서 나를 사로잡는 강한 문장을 만났다.

> 밭갈이파의 지도자 윈스턴리는 임노동을 하는 이상 적의 지배를 받으나 동포의 지배를 받으나, 다를 것이 없다고 선언했다. 임노동을 하느니, 차라리 방랑하며 '피비린내 나는' 법안이 규정한 대로 노역하거나 사형당할 위험을 감수하는 쪽을 택했다.
>
> – 『캘리번과 마녀』(갈무리), 117쪽.

20대 후반 옥탑방 시절에 '직장이라는 게 뭘까.'라는 생각을 잠깐 한 적이 있다. 그때의 내 단순한 결론은 '직장인이라는 직업은 그냥 그만큼 더 일하고 돈을 더 받는 정도일 뿐'이었다. 자기가 하고 싶은 일을 위한 밑거름으로 직장을 다니는 사람도 일부 있을 테지만 말이다.

지배계급들은 예나 지금이나 결국 자기 편의와 이익의 증대를 위해, 남의 시간을 돈으로 손쉽게 사서 편하게 지내는 사람들이 아닌가? 나는 한정된 내 인생의 시간을 그들에게 많이 팔고 싶지 않았다. 그만큼의 값어치를 쳐주는 것 같지도 않기 때문이다.

'한 시간에 얼마 줄까'를 가지고 몇십 원, 몇백 원으로 매년 줄다리기하는 모습을 보고 있으면 나는 치사하고 자존심이 상함을 느낀다. 조금이라도 더 앓는 소리를 해야 그들은 그때 조금! 더 줄 뿐이다. 그들은 옛날이나 지금이나 변한 게 없듯, 앞으로도 계속 그럴 것이다.

하지만 곡식을 일굴 땅도, 집을 지을 땅도 다 잃어버린 프롤레타리아트 계급에 속한 나는 시간을 팔아야만 한다. 그래야 먹고살 수 있다. 내가 한 최선의 선택은 적절한 시간만을 파는 것이었다. 그러다 보니 알바를 오래하게 된 면도 있다.

다행히도 지금 시대는 저 책에 나온 사람들처럼 당장 먹을 곡물이 없어서 폭동을 일으킬 정도의 시대는 아니다. 지금 시대는 쌀이 지겨워 다른 음식들을 찾아가며 먹는 풍요로운 시대라고 생각한다.

이 풍요로운 시대를 맞이한 만큼, 나는 저들에게 무언가를 더 요구하고 싶지도 않고, 저들의 요구대로 움직여주고 싶지도 않다. 여기서 배달하다 안 되면, 저기 가서 하고, 또 안 되면 다른 데 가서 하면 그뿐이다. 이러나저러나, 어차피 나는 배달일을 할 수 있고, 쌀통에 쌀이 떨어질 일도 없기 때문이다.

나는 개인적으로 지금 시대가 프롤레타리아트 계급이 자유를 추구할 때라고 생각한다. 저들이 반성하지 않고 몇십 원, 몇백 원으로 우리를 계속 농락하는 한, 저들이 동포라고 여기지도 않을 것 같다.

이런 상황에서 애국심이란 요원할 뿐이다. 프롤레타리아트 계층이 있기에 본인들이 사치하며 편히 지낼 수 있는 것인데, 그들은 예나 지금이나 그런 건 망각한 채 염치없이 살아간다. 그렇기에 젊은 세대들의 애국심이 점점 희미해져가는 것은 당연하다. 『논어』에 다음 구절이 있다.

孔子對曰(공자대왈) 君使臣以禮(군사신이예), 臣事君以忠(신사군이충).
공자가 대답했다.
"임금은 신하를 예로써 부리고, 신하는 임금을 성의를 다해서 섬깁니다."
- 『논어』「팔일」

여대림이라는 학자가 이 『논어』 구절을 해석할 때, 임금과 신하가 서로 부족함을 보이더라도 각자 본연의 임무인 '예'와 '성의'를 다해야 한다고 말했다.

하지만 나는 설명이 부족하다고 생각한다. 공자의 대답 순서도 중요하기 때문이다. 공자는 임금의 역할을 먼저 얘기했다. 임금이 신하를 대하는 예가 먼저 실행되어야, 신하가 성의를 다할 수 있는 것이다. 다시 말해, 윗사람이 적절한 보상으로 예를 보일 때 아랫사람이 충으로써 보답하는 것이지, 결코, 아랫사람이 먼저 충으로써 힘을 다해야 하는 것이 아니다.

과도한 그물질은 그만

황학동에서 B마트 콜을 들고, 대학로에 드나들기를 반복하고 있는 요즘이다. 다시 B마트로 돌아가야 하지만, 빈손으로 가기는 좀 손해라는 느낌이 들었다. 마침 황학동 방면으로 가는 콜이 있었다. 황학동으로 바로 가는 콜이 한 개 있었고, 중간에 있는 창신동으로 가는 콜이 두 개 있었다.

무엇을 잡아야 할지 망설였다. 내 수익만 따지면 창신동 두 개를 잡아야 하지만, 대학로에서 콜을 치는 라이더들을 위해서는 더 멀리 가는 황학동 콜을 잡아야 한다. 내 이익이냐, 전체 효율이냐의 문제였다.

그런데 문득 이런 식의 고민을 일삼다 보면, 이 자본주의 아래에서 돈을 벌 수 없겠다는 생각이 들었다. 또, 고작 몇천 원을 가지고 전체 효율을 따지고 있는 중이라니, 스스로가 한심해 보이기도 했다. TV 프로그램만 봐도 한 젊은 연예인이 드넓은 주택에 살며, 과잉소비를 일삼는 모습을 쉽게 볼 수 있기 때문이다.

이런 식으로 몇천 원, 몇만 원 가지고 전체 효율을 따지면 자신의 수입은 늘 평균치 아래를 벗어날 수가 없게 된다. 또, 넓은 사랑을 품고 있는 사람은 자신보다 더 못 벌거나 못 가진 사람들만을 내려다볼 것이기 때문에 평균 수입에 만족하며 살아갈 가능성이 높다. 그보다 더 극한의 사랑을 품고 있는 사람은 아마도 '법정스님의 무소유'를 실천할 것이다.

그러다 보니, 종로3가역 금은방 가게들 사이를 배달 다닐 때 스치듯 보았던 방랑자 아저씨가 생각났다. 그럼 그 아저씨의 사랑은 어느 정도일까? 혹시 무소유라는 가치를 말로 떠들어 델 것도 없이, 그냥 자신이 가장 밑바닥이 되는 것을 선택한 것이 아닐까? 밖에 내놓은 남은 음식물을 먹고 있던 그 방랑자 아저씨의 모습이 아직도 기억에 생생하다. 남이 먹다 남은 음식 정도면 충분하다는 듯한 그 아저씨들을 볼 때면, 왠지 이 세상은 반대로 되어 있다는 생각이 든다. 노자는 다음과 같이 말했다.

上善若水(상선약수), 水善利萬物而不爭(수선리만물이부쟁), 處衆人之所惡(처중인지소오).

최고의 선(善)은 물과 같나니, 물은 만물을 이롭게 해주면서도 다투지 않고, 사람들이 싫어하는 곳에 머문다.

-『노자』「8장」

나는 고전 읽는 배달라이더다

사람들은 밑바닥을 싫어한다. 하지만 최고의 선을 품은 사람은 물처럼 아래로 흐르기만 할 뿐이어서 소유하려 다투지 않으니, 자연스럽게 모두가 싫어하는 밑바닥으로 가게 되는 것이다.

이 자본주의 세계에서 돈을 쌓고자 하면 아래를 내려다보면 안 된다. 누군가의 것이 줄어들어야 내가 더 가질 수 있는 이 구조를 생각해서는 안 된다. 애써 외면해야 한다. 능력주의라는 엘리트들이 세운 합리주의에 나의 정신 구조를 맞춰야 한다. 엘리트들 본인의 능력과 직업적 가치가 이 사회에 큰 발전으로 작용하고 있다는 사회 발전론에 힘입어야 한다.

그런데 정말 그럴까? 이 사회에 진보라는 게 있는 것일까? 아니면 보수와 진보 양쪽이 자기의 사회적 지위와 통장 잔액을 유지하기 위해 갑론을박하며, 새로운 더 나은 것이 있는 척 떠드는 걸 업으로 삼은 것은 아닐까? 핵심은 자기 몸을 높이고 편안히 하는 데 있는 것이 아닌가? 이 자본주의 시대에는 그렇게 살아야 하는 것이 맞기도 하다. 혼자 자본주의를 역행하여 경쟁하지 않는다면, 그 사람은 그냥 낙오자로 취급되는 사회이기 때문이다.

하지만 우리는 동물이 아니라 사람이다. 자본주의 시대에 맞춰 보수를 떠들든 진보를 떠들든 그렇게 해서 자기 몸을 높이고 편안히 할 만한 재력을 갖추게 되었다면, 이제는 조금씩 덜어내며 살면 된다. 어느 정도의 사회적 지위와 돈을 유지하면서 살면 되는 것이다. 그렇게 너무 뒤처지는 사람이 없도록 조금씩 덜어내면 된다.

하지만 지금 시대는 그러지 못하는 것 같다. 가진 자들이 덜어내지 않으니, 재원이 필요하면 빈부를 떠나(?) 공평하게 전 국민에게 세금을 매기고 그 돈으로 또 더 나은 정책을 고심해보겠다며 시간만 소모하는 것 같다. 사실은 그저 가진 자들이 아래를 생각하는 '사람의 인격'이 모자란 것 아닌가?

경쟁 사회의 때를 만났기에 그에 맞춰 나아가는 것도 좋지만, 이미 많이 가졌다면 가끔은 뒤를 돌아보는 것도 또한 좋을 것이다. 가진 자들은 다음의 『논어』 구절을 깊게 새겨야 한다.

子(자) 釣而不網(조이불망).

공자께서는 낚시질은 하시되 그물질은 하지 않으셨다.

– 『논어』 「술이」

홍흥조라는 학자는 이 구절을 통해서 어진 자(仁人)의 본마음을 볼 수 있다고 말했다. 본마음은 말에서 나오는 것이 아니라, 바로 행동에서 나오는 것이다. 지금 시대는 행동이 곧 돈이라고 말할 수 있는 자본주의 시대다.

나는 고전 읽는 배달라이더다

가진 자들이 교양 있는 모습을 가장해서 없는 자들을 어루만져주는 달콤하고 아름다운 말을 하더라도, 실제 자기 이익을 위해서 불법과 편법을 동원해 돈을 그물질하는 중이라면? 집안일이라고 모른 척 방관했다면? 그 사람은 그저 신사다운 또는 숙녀다운 얼굴을 가장한 사기꾼인 것이다. 아주 얼굴이 두꺼운!

진심으로 고맙지는 않아요

우리가 주문을 처리하는 배민 라이더스 앱 공지에 우연히 'B마트 전담' 라이더를 모집한다는 내용을 보았다. 안 그래도 라이더들에게 가장 뜨거운 인기를 받고 있는(=가장 돈이 되는) B마트인데, 전담할 수 있다니! 일단 접수하고 볼 일이었다.

요즘 콜 배차에 있어서 관리자들이 친한 라이더에게 좋은 콜을 몰아준다는 유언비어가 난무하고 있기도 하지만, 나는 친한 관리자라고 할 만한 사람도 없고, 한 명 정도 있어도 굳이 확인해보고 싶은 마음도 없다. '뭐 그런 것도 능력이 아닐까?'라는 생각을 하며 대수롭지 않게 지나칠 뿐이다. 다만 나는 그러고 싶지 않으니까.

며칠 후, 센터에서 전화가 왔다. 당연히 똥콜을 빼 달라는 전화일 거 같아서, 일단 받지 않았다. 전화가 끊어지고 나서, 내 주변에 똥콜이 있는지 확인을 해보았지만 없었다. 안심한 후, 전화를 걸었다.

"네. 방금 전화하셨는데요."

"네, 병선님. 전에 신청하셨던 마트 전담 라이더 하시면 됩니다."

"(음? 신이시여) 아, 그래요?"

이제 황학동에 있는 마트 콜이 종로·중구 어디에 있든, 우선 추천으로 먼저 볼 수 있는 자격을 얻게 된 것이다. 큰형님은 완장을 찼다고 축하해주셨다.

그렇게 마트 콜을 위주로 수입을 쭉쭉 올리고 있는 요즘, 오래간만에 대학로에 있는 서울대 암병원 건물에 배달을 갔다. 그곳에서 우연히 같은 곳에 배달 오신 어떤 형님을 만났다. 그 형님의 질문이 선뜻 이해가 가지 않았다.

"암병원은 꿀이야, 그렇지?"

이 암병원은 암병원장님 지시사항 때문에, 다들 1층으로 내려와서 배달음식을 받아가야 하는 곳이다. 그렇다. 이곳은 꿀이 맞다. 나도 대학로를 중심으로 일할 때는 암병원장님께 내심 고마워했다.

선뜻 이해가 가지 않았던 그 말을 가만히 생각해보니, 나에게 있어 꿀콜의 기준이 바뀌었다는 걸 알았다. 지금의 나에게 그것이 꿀콜이라고 인식되지 않는 것이었다. 그 순간 이 배달하는 곳을 넘어, 이 자본주의의 상위 계층들이 머릿속에 들어오기 시작했다. '나를 포함해, 이 사회 구성원들은 더 큰 꿀을 찾아다니는 좀비가 아닐까?'라는 생각이 들었다.

나를 넘어서, 저기 저 위에서 울트라 꿀을 쥐고 있는 사람들에게 나는 어떻게 비치고 있을까? 우리 수준에 맞는 적당한 꿀을 나눠주면서, 자신의 울트라 꿀단지를 키워나가는 사람들.

매년 자신의 꿀단지에서 꿀을 조금 더 퍼주어 달래가며 우리들의 시간으로 자신들의 꿀단지를 더욱 크게 채워가는 사람들이 있을 것이다. 사회적인 이슈로 인해 우리에게 꿀을 조금 더 줄 때마다 TV나 언론에 광고되면서 사회적 명예까지 챙겨가는 그들에게 나는 고마워해야 할까, 아니면 진작 그렇게 주지 않을 걸 불평해야 할까? 그런 행위가 뭔가 당연하다는 생각에 별로 고맙다는 생각이 들지 않는다.

예전에 읽었던 『사기 열전』 시리즈 중에 '이사'라는 사람의 이야기가 있다.

이사는 초나라 상채 사람이다. 그는 젊을 때 군에서 지위가 낮은 관리로 있었다. 어느 날 관청 변소에 사는 쥐들이 더러운 것을 먹다가 사람이나 개가 가까이 가면 자주 놀라서 무서워하는 모습을 보았다. 그런데 창고 안

나는 고전 읽는 배달라이더다

으로 들어가니 그곳에 사는 쥐들은 쌓아놓은 곡식을 먹으며 커다란 집에 살아서, 사람이나 개를 신경도 쓰지 않았다. 이사는 탄식하며 말했다.

"사람이 어질다거나 못났다고 하는 것은 비유하자면 이런 쥐와 같구나. 자신이 처해 있는 환경에 달렸을 뿐이로다."

– 『사기』 「이사 열전」

이사라는 사람은 변소의 쥐와 곡식더미의 쥐를 보고 환경이 사람을 만든다는 것을 깨달았다. 더욱 고급스러운 존재가 되고 싶은 건 쥐나 인간들이나 같은 것이다. 하지만 누군가가 점점 고급이 되어갈수록 누군가는 점점 뒷간으로 밀려나는 이 자본주의 구조가 존재하는 한, 적어도 인간은 인간다운 행위를 해야 한다. 그것은 '덜어내는 행위'이다.

우리가 변소에 위치하는 쥐일지, 곡식더미 위에 위치하는 쥐일지 선택할 수 있는 것인가? 이미 기득권의 재력과 정보력을 갖춘 부모의 자식들은 선택할 수 있을 것이다. 하지만 모두가 곡식더미 위의 쥐가 될 수 없다는 것을 우리는 이미 다 알고 있다. 그래서 변소와 곡식더미라는 이분법의 말이 존재하는 것이다.

그 곡식더미를 위해 누군가가 변소에 위치할 수밖에 없는 것이라면, 똑같이 나누지는 못할지라도 곡식을 덜어내는 행위는 당연하다. 개인 소유 시대이기 때문에, 안 덜어낸다고 해서 뭐라고 할 것도 아니지만, 반대로 덜어낸다고 해서 사실 고맙다고 말할 필요도 없는 것이다. 하지만 이런 '덜어내는' 당연한 행위를 고맙다고 해야 할 만큼, 우리는 타락한 시대를 살아가고 있다.

그럼에도 불구하고, 비록 내가 그것을 받게 된다고 하더라도 나는 '진심으로' 고맙지는 않을 것 같다. 왜냐하면 내가 가지게 되더라도 나 역시 덜어낼 것이기 때문이다.

고양이 죽이기

매일 아침 집 앞에 공짜로 던져져 있는 서울신문을 보던 중에 조그맣게 나온 기사가 눈에 들어왔다. 그 기사는 '경의선 고양이를 죽인 40대 아저씨, 항소심도 실형'이라는 작은 기사였다. 마침 어제 세미나에서 고양이가 주제로 나온 철학책을 읽었는데, 그 내용과 겹쳐지기에 이 글을 쓴다.

어제 이야기 역사 세미나에서 『고양이 대학살』을 읽었다. 책 제목 그대로 '그냥 고양이를 때려죽인다'는 내용이다. 나는 늘 이렇게 짧게 말하는 걸 좋아하지만, 이제는 좀 더 자세히 말해야겠다는 생각이 드는 요즘이다. 짧으면 짧을수록 말의 오해가 심각해지기 때문이다.

좀 더 자세히 말하면, 소화할 수도 없는 고양이 밥을 받아먹어야 하는 처지인 낮은 계층의 인쇄공들이 빗자루, 철봉이나 다른 연장으로 부르주아들이 잉여 재산으로 키우는 애완 고양이의 등뼈를 내리쳐 끝장을 내버린다는 내용이다.

그냥 사건만 보면 잔인하기 이를 데 없고, 애완동물을 아끼는 사람들이 고양이라는 생명체를 죽였다는 사실 하나에 생각이 꽂혀서 들고 일어날 것이고, 청와대 신문고에 글을 올려 한바탕 난리를 피우고 법적 소송을 걸 만한 일일 것이다. 하지만 자신의 이해관계가 얽힌 곳에만 꽂히지 말고, 폭넓게 더 자세히 들여다봐야 한다고 책은 말하고 있다.

> 콩타는 그 사건을 노동자와 '부르주아' 사이의 운명의 불균형, 즉 일, 음식, 잠이라는 삶의 기본적 요소에 있어서의 불균형에 대한 언급이라는 컨텍스트 속에 위치시켰다. 그러한 부당한 처사는 견습공들의 경우에 특히 극악했다. 그들은 동물처럼 취급되었던 반면, 동물들은 그들의 머리 위로 올라가 그 소년들이 차지했어야 하는 자리인 주인의 식탁으로 승진되었던 것이다.
>
> ─『고양이 대학살』(문학과지성사), 116쪽.

쉽게 말해, 고양이를 죽인 행위는 부르주아에 대한 증오였다. 하지만 인쇄공들은 오늘 신문기사에 나온 아저씨처럼 홧김에 고양이를 무작정 죽이지는 않았다. 그들은 당시에 존재했던 '고양이 죽이기 문화'를 교묘히 이용한다. 고양이 살해가 공개적인 폭동으로 바뀔 수 있는 지점까지만 나아갔을 뿐이다. 그렇게 부르주아를 조롱하면서도 자신들을 해고할 구실은 주지 않는 단계에서 소동을 그친다. 쉽게 말해 법적인 문제까지 갈 정도의 구실은 주지 않았다는 것이다.

하지만 안타깝게도 경의선 고양이를 죽인 아저씨는 법정까지 가서 실형을 선고받았다. 고시원에서 살던 그 아저씨는 취업 사기에 엮여 채무 독촉을 당하는 스트레스에 시달리는 상황이었다. 그러다 경의선 숲길에 있던 어느 한 가게 앞을 지나다 고양이 밥에 세제를 타고 고양이를 때려죽인 것이다.

만약 그 아저씨도 '운명의 불균형, 즉 일, 음식, 잠이라는 삶의 기본적 요소'에 대한 분노가 있었다고 보면 비약일까? 그래도 고양이 밥을 먹어야 할 처지는 아니니까, 그렇게 볼 수 없다고 말할 수 있을까?

그렇다. 밥과 김치만으로도 한 끼 식사가 가능한 시대라고 할 수도 있다. 김치가 없으면 밥만 먹을 수도 있다. 나도 종종 그렇게 끼니를 때우니까. 하지만 그렇게 말하고 싶다면, 채무 독촉에 시달리면서 밥과 김치로 생명을 겨우 이어나가던 경험이 있어야 가능할 것이다. 그런 혹독한 경험 없이 그런 무책임한 발언을 한다면, 그것은 위선이고 거짓이다.

요즘은 은행들이 투자 상품을 팔다가 서민들 돈을 날려 먹은 기사가 한창이다. 그런데 이런 금융권들의 장사가 하루 이틀이 아니다. 예방 대책을 내놔 봤자, 어차피 또 법의 틈새를 이용해서 주기적으로 되풀이할 것이다.

그 피해에 휘말려 극단에 처하게 된 사람은 하소연할 곳도 없는 현실에 화를 못 이겨 극단적인 선택을 하기도 하고, 또는 홧김에 길거리 고양이의 등뼈를 내려칠지도 모를 일이다. 하지만 그런 구조를 만든 자들은 늘 잘 빠져나간다. 법을 잘 이용할 줄 아는 사람들이기 때문이다.

그렇다면 우리는 어떻게 살아야 하는가. 그래서 저자인 로버트 단턴은 그 인쇄공들의 '단결'에 주목한다. 자신의 직업노동 안에서 단결을 위해 동지회를 조직하는 것이다. 그들이 부르주아들에게 가했던 모욕 또한 조직이 있었기에 가능했다. 혼자서는 절제되지 못한 행동으로 법의 선을 밟기가 쉽기 때문에 개인적인 행동은 위험한 것이다. 또 그렇게 은밀한 돌려치기로 부르주아들에게 모욕을 가하면서도 함께 배꼽을 잡고 데구루루 웃으며 승리의 기쁨을 나눌 사람들이 우리에게는 필요하다.

여성 해방사

나는 이 글을 통해서, 여성 '잔혹사의 슬픔'을 넘어, 이제는 '해방사의 기쁨'을 말하고 싶다.

『캘리번과 마녀』라는 책이 말하고자 하는 전체 핵심은 가진 자와 빼앗긴 자의 투쟁을 계급의 차원에서만 고찰했던 마르크스를 넘어, 자본주의하에서 이루어진 계급투쟁에서조차 지위가 철저히 소외되고 무시되었던 여성의 참혹한 현실을 드러내는 데 있다. 쉽게 말해, 중세 시대의 계급 투쟁 안에서 이루어진 여성 잔혹사다.

모든 생산 수단의 결과물이 화폐로 통합되는 시대가 왔을 때부터, 자본주의 시대에 가장 핵심적인 건 '돈'이 되었다. 지금도 대부분의 지배계층은 여러모로 노동자를 위한다는 말과 행동을 하지만, 결국 핵심은 돈이다. 노동자들이 반란이나 일을 그만둘 기미가 보여야 필요에 따라 조금 더 줄 뿐이다. 똑똑한 지배계층들은 우리가 반란을 공모하기 전에 타이밍에 맞게 달래려 주는 것이고, 멍청한 지배계층들은 반란이 일어난 후에 빠른 정상화를 위해 이익을 주어서 달래는 것이다. 물론 반성의 기미를 보이면서 말이다. 하지만 결국, 자신의 '지위와 부'를 유지하려는 게 포인트이다.

> 그런 관점에서 본다면 한 가정 내에서 남성의 위치도 비슷했다. 결혼하면 자신의 노동에 부인의 '도움'을 얻을 수 있는 데다, 집안일도 해결되고, 성욕도 해결되고, 자식도 생기는데, 자식들은 아주 이른 나이부터 베틀을 돌리거나 잡일을 할 수 있었기 때문이다. (중략) 부인이 남편과 나란히 서서 시장에 내다 팔 물건을 똑같이 만들어도, 그에 대한 보수는 남편이 독차지했다는 것이다.
>
> ─『캘리번과 마녀』(갈무리), 159쪽.

중세 시대를 논한 이 인용문의 핵심은 남성은 부인 한 명을 얻음으로써 얻는 부가가치가 막대했다는 것이다. 법률상 여성의 대리인은 남성이었기 때문이다.

법률상 자격의 박탈은 곧 경제적 박탈을 의미한다. 여성에 대한 경제적 박탈은 자본주의 체제하에서 지속적으로 이루어져 왔던 것이다. 그 경제적 박탈은 남성에 대한 경제적 종속으로 이어졌다. 자본주의의 핵심인 '돈'을 취급할 수 없다는 것은 곧 종속을 의미하기 때문이다. 지금 시대에야 비로소 여성들의 법적 지위가 인정되어가고 있다.

하지만 남성들이 여성들에게 가했던 잔혹사는 이게 다가 아니다.

매춘부는 프롤레타리아트화의 초기 단계에 남성 노동자 곁에서 요리나 빨래와 같은 일도 하면서 부인의 역할을 했다. 게다가 매춘부는 가혹하게 처벌하면서도 남자 손님은 거의 손대지 않는 방식의 불법화 때문에 남성의 권력이 강화되었다. 모든 남성은 이제 '창녀'라는 선언만으로 한 여성을 간단히 파멸시킬 수 있었다. 여성은 마치 봉건영주처럼 자신들의 생사여탈을 손에 쥐고 있는 남성들에게 (유일하게 남은) 명예를 빼앗지 말라고 호소할 수밖에 없었다.

- 『캘리번과 마녀』(갈무리), 162쪽.

경제적 박탈 또는 저임금으로 여성이 자립할 기회가 줄어들자, 자연스럽게 매춘이 성행하기 시작했다. 하지만 법률은 언제나 남성의 편이었기 때문에, 성매수를 시도한 남성은 처벌하지 않았다. 그렇게 궁지에 몰린 상황에서조차 경제적 자립을 시도해보려던 매춘부 여성들의 도전은 번번이 남성 권력에 의해 막힐 뿐이었다. 그렇게 최후의 경제적 자립 발판마저도 법률을 고쳐가며, 가혹하고 더 철저하게 짓밟았던 것이다. 더 나아가 창녀를 성폭행해도 법률상 처벌도 받지 않았다. 그렇게 남성들은 한 여성의 명예까지도 손쉽게 파멸시킬 수 있었다. 그렇기 때문에 매춘부 여성들은 최후의 보루인 명예, 즉 인간적 존엄성까지 파괴하지 말아 달라고 눈물로 호소할 수밖에 없었던 것이다.

이런 중세 시대의 작태를 책을 통해서 보고 있노라면, 만감이 교차하여 울분이 일어난다. 여성의 법률상 자격이 어느 정도 나아지고 있다고는 하지만, 여전히 현 사회의 주요 요직을 남성들이 차지하고 있고, 그 남성주의 시스템 속에서 지금의 남성들 역시 함께 어울리면서 끌어주고 밀어주며 그 혜택을 공유하고 있는 중이다.

그럼에도 불구하고 낮은 계층의 집안에서 태어난 여성들은 고된 육체노동인 블루컬러에서 벗어나 화이트컬러 계층으로 가야만 한다. 자본주의 생산력에 불리한 육체를 가지고 태어난 여성이 남성과 같은 육체노동을 하려면 3~4배의 고된 노력이 필요하기 때문이다.

하지만 학비와 생활비가 문제다. 현재 일부 20대 여성들이 동네 키스방과 대화방에서 알바를 하는 이유가 바로 그것이 아닌가? 여전히 '돈'이 문제인 것이다. 하필이면 자본주의 시대에 맞지 않는 불리한 체격 조건을 가지고 낮은 계층의 집안에서 태어났기 때문에, 여성들은 학업 경쟁까지 병행하기 위해 시간 대비 돈이 되는 알바를 선택해야만 하는 것이다. 왜냐하면 화이트컬러 직업에서 여성들이 차지할 수 있는 자리가 아직도 좁기 때문이다. 그 좁은 자리를 가지고 여성들은 아직도 서로 치열하게 경쟁해야 하는 슬픈 현실인 것이다.

나도 대학을 다닐 때, 돈이 필요해 주말 배달 알바를 했었다. 위험하지만 시간 대비 돈이 되니까. 만약 내가 여자였다면 무슨 알바를 했을까 하는 생각을 해본다.

그런데 이런 부득이한 사정을 낮은 계층의 남성들은 이해를 못 한다. 또, 손쉽게 상위 계층에 진입한 유복한 집안의 여성들도 이해를 못 한다. 이렇게 이해를 못 하니까, 키스방 같은 데 가서 사회 물정 모르는 젊은 여성들을 상대로 불법적인 추태를 부린다는 기사가 나오는 것이다. 또 유복한 환경에서 자란 여성들은 그런 곳에서 일하는 같은 여성을 감싸주지는 못할망정, 그 남성들과 함께 사회적 비난을 해댄다.

이 두 집단은 낮은 계층에서 태어난 여성들이 평생을 체격에 걸맞지 않은 중노동에 시달리기를 바라는 것이다. 그냥 그렇게 중노동에 시달리며 체력 저하로 학업에 실패해, 힘들고 가난하게 살아가기를 바라는 것이다.

아직까지도 이런 잔혹사가 횡행하는 가운데, 나는 이제 여성 '해방사'를 말하고 싶다. 기사를 본 김에 키스방 가격표를 찾아보니, 1시간에 7만 원이었다. 그리고 키스 말고, 대화만 나누는 곳의 가격은 4만 원이었다. 이제는 젊은 여성과 대화하는 것만으로도 남성들은 시간당 4만 원을 지불해야 하는 시대를 맞이한 것이다.

이런 시대를 맞이한 만큼, 젊은 여성들이 더는 같은 계층의 비매너 남성들을 용서하지 않았으면 좋겠다. 비매너란 아직도 '돈'을 틀어쥐고 계산해가며 사회적 약자인 여성 위에 군림하려는 남성들일 것이다. 지금은 또 한창 '텔레그램 N번방'의 짐승들이 사회적 이슈로 떠올랐다. 아직도 그런 짐승들은 같은 계층의 연약한 여성들을 상대로, 추악한 성착취를 일삼고 있는 것이다.

이제 여성들과의 대화조차 돈으로 책정되는 시대인 만큼, 나는 개인적으로 짐승들까지 껴안으려는 사랑의 마음이 아닌, 자본주의의 본질을 추구하길 바란다. 본질은 바로 '돈'이다. 이제는 같은 계층의 추악한 남성들과 '비매너'로 일관하는 남성들을 더는 용서해서는 안 된다.

그렇게 같은 계층의 남성들에게 공격당하고, 상위 계층의 여성들에게 공격당하는 현실 속에서 그녀들의 흡연율이 올라가는 이유를 알 것 같다. 이 슬픈 현실을 잠시라도 잊어야 살아갈 수 있는 것이다.

마지막으로 이 책을 읽은 느낌을 평하자면, 자본주의 체제는 언제나 약자들의 피를 빨아먹는 '기생충' 같은 시스템이라고 평가하고 싶다. 대저택에 사는 가족이 반지하에 사는 가족을 멸시하고, 또 반지하에 사는 가족이 지하 벙커에 사는 극빈층을 공격하는 〈기생충〉 영화 구조와 같은 것이다.

많이 가진 자들이 못 가진 자들을 쥐어짜고, 못 가진 자들은 약한 자들을 억압하고, 약한 자들은 더욱 약한 여성들을 통제한다는 게 몸으로 체감되던 책이었다. 사회에서 낮은 위치의 배달원으로 살다 보니, 그녀들의 슬픔에 강한 공감과 함께 내 가슴에서는 극심한 울분이 일어난다.

배달하다 보면 바람이 강해 나도 모르게 눈물이 곧잘 흐르곤 하는데, 글을 쓰고 있는 지금은 그 눈물이 아닌 것 같다.

3부

나는 이제, 고전을 배달한다

1장

고전 공부만 한 자기계발이 없다

한문만 한 자기계발이 없다

『대학』에 다음과 같은 구절이 있다.

物有本末(물유본말) 事有終始(사유종시),
知所先後(지소선후) 則近道矣(즉근도의).

사물에는 근본과 말단이 있고 일에는 마침과 시작이 있으니, 먼저 할 바
와 나중에 할 바를 알면 도(道)에 가까워지리라.

– 『대학』「경1장」

이 세상 모든 만물과 일에는 근본과 말단이 있고, 마침과 시작이 있다. 요
리할 때나, 일할 때나 늘 먼저 해야 할 것과 나중에 해야 할 것을 구분해야 하
는 것과 같다. 공부도 마찬가지다. 위 인용 구절에서 '도(道)'는 책의 요지에 맞
게 '공부하는 방법'으로 해석해야 한다. 그렇다면 동양의 공부는 무엇부터 시
작해야 하는가? 미리 말하자면, 바로 한문이다.

예전에 YUI라는 일본 가수를 좋아했던 적이 있다. 특별한 기교를 부리지 않는 중성적인 목소리를 가진 가수였는데, 영혼을 담아 부르는 인생 노래를 듣고 있으면 그 가사에 공감이 되면서 친구가 생긴 것 같은 느낌이 들었다. 그래서 그녀의 노래 가사집과 일본어 문법책을 들고 독서실을 다녔다.

그렇게 가사집에 나오는 문법을 책에서 하나하나 찾아가며 공부해나갔다. 그녀의 목소리가 실시간으로 번역되어 내 귀에 들리는 그 기분이 너무 좋았다. 그것을 기회 삼아 일어를 더 공부해보려 했지만 실패했다. 왜냐하면 한자가 너무 많아서였다. 아마 일어를 공부하던 사람 중 태반은 나처럼 한자 때문에 중도 포기했을 것이다.

또, 내가 2015년에 '감이당'이라는 인문학 공동체에 들어가 읽었던 책이 있다. 바로 니체의 『차라투스트라는 이렇게 말했다』라는 유명한 철학책이었다. 그 이후로도 커리큘럼에 따라 여러 철학책을 읽었는데, 읽어도 읽어도 무슨 소리인지 이해가 가질 않았다. 그때는 몰랐다. 내가 왜 이것을 이해 못 하는지. 하지만 이제는 알겠다. 한자를 모르니 그 철학책에 나오는 어려운 한글을 이해하기가 쉽지 않은 것이다.

조금만 봐도 머리가 어지러운 책들은 한자가 수두룩하게 들어갔기 때문이다. 겉보기에는 한국어로 적혀 있지만 사실상 다 한자다. 일어도 그렇지만 한

나는 고전 읽는 배달라이더다

국어 역시 한자에 뿌리를 두고 있는 것이다. 그러니 결국 한자를 모르면 한글도 일어도 중국어도 제대로 이해할 수가 없다. 한글이 아무리 위대하다고 해도 결국 동양 언어의 근본은 한자가 이미 점령한 상태다. 가끔 한자가 싫다고 한글로만 이름을 짓는 사람도 있는데, 그 한글이 주는 느낌과 의미 역시 한자에서 왔다.

동양에 살고 있는 한 한자의 영향을 벗어날 수 없다. 하지만, 거꾸로 한자를 먼저 공부한다면 동양의 언어에 더욱 깊이 들어갈 수 있는 발판이 마련된다. 그러니 우리는 한자부터 배워야 한다.

낱개로 외우는 한자는 금방 잊어버린다. 영어 단어를 외울 때도 영어 단어만 외우는 사람은 하루 이틀 후에 그 단어가 머릿속에서 증발해버리는 경험을 많이 했을 것이다. 영어도 그렇지만 한자 역시 문장으로 익혀야 머릿속에 오래 남는다.

이왕 문장으로 익힐 거라면 수천 년의 지혜가 농축된 동양 고전을 보는 것이 가장 남는 장사다. 『논어』, 『맹자』, 『대학』, 『중용』, 『도덕경』, 『장자』 등등이 있을 것이다. 한자도 익힐 수 있고, 또 자신의 힘으로 원문을 읽어 그 의미와 지혜를 직접 체감할 수 있으니, 이것이 얼마나 남는 장사인가. 가성비로 이만한 공부가 없다.

유가와 도가의 책들은 대략 4천 년 전부터 지금까지 리뉴얼되면서 스테디셀러와 베스트셀러의 자리를 차지하고 있다. 앞으로도 끝없이 매년 새로 나올 것이다. 동양의 모든 학문이 여기서부터 시작하기 때문이다. 그렇기에 한문을 모르고는 동양철학, 역사학, 시, 소설 등등 동양의 갖가지 분야를 완전히 정복할 수가 없다. 그 분야들을 파고 들어가다 보면 최후에는 언제나 원문으로 된 한문 자료가 기다리고 있기 때문이다. 하지만 반대로 한문부터 시작하면 동양학의 어디로든 뻗어 나갈 수 있는 길이 열리게 된다.

동양에 살면서 제대로 된 공부를 하려면, 역시 한문을 알아야 한다. 언제까지 남이 가공해 번역한 것으로 간접체험을 할 것인가. 이제는 스스로 읽자. 동양 사상사의 정수를 나 자신에게 선물해주자.

고전으로 자존감을 회복하자

나는 내가 고전을 주제로 인생을 풀어보는 이 책을 쓰기 전까지, 남들과 섞이지 못하는 내 삶이 송두리째 어긋났다고 생각했다. 남들은 정상이고, 나 혼자 비정상이라고 생각하며 살아온 것이다.

남들은 자기주장의 근거를 유창하게 잘 말하는데, 나는 주장만 할 뿐 유창한 근거를 대지 못해 늘 말로는 남과 경쟁할 수가 없었다. 그래서 내 말을 이해해주지 못하면, 늘 짜증과 화만 낼 줄 아는 감정적인 동물일 뿐이었다. 그러다 보니 자존감이 줄어들어 늘 남의 말을 곧이곧대로 듣는 사람이 되어버렸다.

'합당한 이유를 대지 못하는 내가 당연히 틀렸겠지.'라는 생각을 하며 살아왔다. 내 마음에서는 뭔가 억울하다고 말하고 싶어하는 듯했지만 설명할 길이 없으니, 어쩔 도리가 없는 것이다. 하지만 나는 잘못되지 않았다! 마찬가지로 당신도 잘못 살아오지 않았다. 당신의 생각이나 주장은 그 자체로 완벽하다. 다만 당신의 판단을 꾸며줄 근거가 부족했던 것이다.

내가 처음에 유가의 서적을 읽을 때는 뭔가 부대끼면서 내 몸에 맞지 않는 옷을 입는 듯한 느낌이 들었다. 하지만 도가의 서적인 『도덕경』과 『장자』를 읽을 때면 내 마음에 억울한 듯한 그 울분을 녹여주는 통쾌함이 솟아 올라왔다. 어떤 사람은 나와 반대일 수도 있다.

『장자』에서 가장 기억에 박혔던 말이 있다.

既使我與若(기사아여약) 辯矣(변의), 若勝我(약승아) 我不若勝(아불약승), 若果是也(약과시야) 我果非也邪(아과비야야)? 我勝若(아승약) 若不吾勝(약불오승), 我果是也(아과시야) 而果非也邪(이과비야야)?

가령 내가 그대와 논쟁했는데, 그대가 나를 이기고 내가 그대를 이기지 못했다면, 그대는 참으로 옳고 나는 참으로 그르단 말인가? 내가 그대를 이기고 그대가 나를 이기지 못했다면, 나는 참으로 옳고 그대는 참으로 그르단 말인가?

－『장자』 「제물론」

우리 모두는 시비하기를 좋아한다. 특히 남 우위에 서고 싶어 하는 사람들은 자기 의견에 논리적으로 근거를 갖다 붙여, 상대의 기를 꺾기 좋아한다. 하지만 그건 단지 논리를 잘 세우는 기술을 익혔기 때문이지, 결코 그 말이 다 합당한 것은 아니다. 나의 말도 분명 어떤 근거를 가지고 말하는 것인데, 제대로 짚지를 못해 말을 못 하는 것일 뿐이다. 각자의 말은 각자의 입장에서 맞는 말이고, 옳고 그름을 따질 문제가 아니라고 장자는 말하고 있다.

하지만 우리는 경쟁 사회 안에 살고 있기에, 이 경쟁이 없어지지 않는 한 우리는 자신의 논리를 구축해나가야 한다. 자기 논리를 구축하지 못해 말을 제대로 못 하는 사람을 바보로 여기고 자신의 밑에 두려는 나쁜 사람들이 이 사회에는 차고 넘친다.

물론 내가 틀려서 반성해야 할 때도 있겠지만 밀어붙일 때까지 밀어붙이다가 자기 잘못이 있으면 반성하는 것이지, 상대의 논리에 맞설 엄두도 못 내 무조건 반성부터 하려는 사람에게 자존감이 있을 수 있겠는가?

그래서 우리는 도가와 유가 같은 동양학 또는 서양학의 서적을 읽고, 자기 삶에서 가지고 놀 수 있어야 한다. 고전에서 각자의 삶을 합리화하거나 성찰할 수 있는 지혜가 담긴 문장들을 만나야 한다. 농축된 지혜가 담긴 문장들을 직접 익혀서, 내 삶에 녹아들게 해야 한다. 그럼으로써 복잡하게 얽힌 자신의 과거를 재구성하고, 현재를 직시하고, 가까운 미래를 바라보는 눈까지 갖추어 자신의 자존감이 되살아나는 계기를 마련해야 한다.

나의 잘못이 아닌 것까지 나의 잘못으로 알고 살아간다면, 자존감이란 평생 요원할 뿐이다. 나 역시 그렇게 살아왔기에 이제는 그렇게 살지 않으려 한다.

『대학』에 다음처럼 빛나는 말이 있다.

湯之盤銘曰(탕지반명왈) 苟日新(구일신), 日日新(일일신), 又日新(우일신).
탕왕의 대야에 새긴 글에서 말하였다.
"진실로 하루를 새롭게 했거든, 나날이 새롭게 하고, 또 날마다 새롭게 하라."

–『대학』「전2장」

『대학』을 읽을 때, 깊은 감동으로 다가왔던 문장이다. 환경에 오염되거나, 남에게 짓눌린 자신만의 타고난 본성을 회복해야 한다는 말이다. 그 본성에서 나오는 순수한 자존감을 되찾자! 다양한 각도를 제시하는 고전을 통해, 오염되고 짓눌린 묵은 때를 벗겨 새롭게 하자.

고전을 읽고 나의 과거, 현재, 미래를 새롭게 하자. 거기에 머물지 말고, 또 다른 고전을 보고서 다시 새롭게 하고 늘 새롭게 하자. 이제는 본연의 자신을 찾아 아끼고 사랑하자. 그리고 이제는 자신의 날개를 활짝 펴보자.

나는 고전 읽는 배달라이더다

고전이 새로운 나를 만든다

주자와 여조겸의 합작품인 『근사록 집해』에 다음과 같은 구절이 있다.

爲學大益(위학대익), 在自求變化氣質(재자구변화기질).

학문을 하는 큰 이익은, 스스로 기질을 변화시키려고 노력하는 데 있다.

- 『근사록 집해』 「위학」

여기서 기질을 변화시킨다는 것은 나의 기질을 현시대의 사회가 제시하는 모델에 맞춰 완전히 바꾸는 것을 말하는 것이 아니다. 법륜스님의 말처럼 사람은 고쳐 쓰는 것이 아니다. 다만, 각 시대의 예의와 풍습에 걸맞게 나의 타고난 기질을 스스로 조절하려는 노력이 필요하다.

예전에 신점을 봤을 때, 내 건강에 관해 물은 적이 있다. 신점을 봐주던 동녀는 내 신장이 좋은 피와 나쁜 피를 못 걸러준다고 말했다. 이 몸의 문제점이 왠지 내 생활에서 온 듯한 느낌이 든다.

살면서 나에게 맞는 것과 맞지 않는 것을 구별하는 걸 별로 좋아하지 않았다. 맞으면 맞는 대로, 안 맞으면 안 맞는 대로, 마치 인연이고 운명인 것처럼 그냥 함께 안고 가면 되는 줄 알았다. 하지만 아니다. 입바른 말을 해서 남을 길들이는 사람과 진정으로 남을 위해 주는 사람이 존재한다. 하지만 나의 사교 방식은 늘 모두를 아우르는 것이었다.

이런 생각을 하고 있으니 나를 이용해도 '그래, 그럴 수도 있지.'라는 생각으로 늘 함께 가야 한다고 여기고 타협하곤 했다. 다 같은 사람인데 좋은 사람, 나쁜 사람이 있을까 싶었다. 맹자의 '성선설'에 너무 치우쳐 살아왔던 것이다.

하지만 요즘은 성선설 위에 덮어 씌워진 사람의 기질에 포인트를 두려 한다. 사람은 본래 선하지만, 타고난 기질에 있어서 차이가 있다는 성현의 말에 힘을 실으려 한다. 사람 기질은 각각 다른 것이다. 그러므로 내가 추구하는 방향과 맞지 않는 사람들까지 애써 친밀히 함께하려 할 필요가 없다. 『논어』에 다음 구절이 있다.

無友(무우) 不如己者(불여기자).

나만 못한 사람을 사귀지 말라.

– 『논어』 「학이」

위 『논어』의 말처럼 도덕의 방향성이 나와 같지 않은 사람과는 벗할 필요가 없다. 그렇다고 내가 먼저 매정하게 관계를 끝낼 필요도 없다. 다만 거리를 유지하면 된다. 그렇게 친밀하게 지내야 할 사람과 비즈니스적으로 거리를 두고 지내야 할 사람을 명확히 구분해야 한다.

그래도 마음이 여려 실행하지 못하는 사람들을 위해 충격적으로 과감하게 말하고 싶다. 물건 분류하듯 사람도 정확히 분류하라. 어차피 우리 모두는 우주의 먼지에 불과할 뿐이니까.

또 나는 사회질서와 사회의 예를 강하게 부인하면서 살아왔다. 내가 만든 질서도 아니고, 정해진 질서가 현실 사정과도 맞지 않는데 내가 왜 하나하나 지키고 따라 살아야 하는지 이해할 수 없었다. 지위의 높음과 낮음, 나이의 많음과 적음을 가지고 나에게 굽히라고 하는 사람들을 보면 오히려 반항했던 것 또한 사실이다. 그래서 지금껏 사회라는 단위의 직장생활을 견디지 못했던 것 같다.

하지만 『논어』를 읽고 난 지금은, 불합리하다는 생각이 있더라도 보편적으로 지키고 따르는 질서와 예에 순응해야 하는 것이 아닌가 싶다. 그래서 다음 『논어』의 구절을 깊이 새기려 한다.

過則勿憚改(과즉물탄개).

잘못이 있으면 고치기를 꺼리지 말라.

- 『논어』「학이」

기존의 내 삶의 기준이 그러했기에, 남들이 성심껏 지적하는 내 잘못을 잘 고치려 하지 않았다. '본인 허물도 감당이 안 될 텐데, 나의 허물을 지적할까?' 라는 건방진 생각이 내심 있었다.

내 에세이 글에도 건방짐이 묻어나는 글이 있을 수 있다. 하지만 이제는 다른 사람들이 지적해줄 때, 사회의 질서와 예에 맞지 않는 행동은 걸러내어 조절하려는 자세를 가지려 한다. 도저히 맞출 수 없는 사람과 애써 친밀한 관계를 유지할 필요도 없고, 타인과 맞추려고 하지 않는 과도한 일탈도 자제하고, 잘못된 말과 행동 방식도 조절해서 새로운 나를 만들어보려 한다.

이 글을 읽는 독자분들도 고전을 읽고 자기에게 신선함을 주는 구절을 만났으면 좋겠다. 전과는 조금 다른 나를 만들어, 새로운 시각을 견지하여 점점 더 넓은 시야를 가지는 기회를 얻기 바란다.

바로 지금이 고전을 읽기 가장 좋다

『논어』에 다음 구절이 있다.

子(자) 適衛(적위), 冉有(염유) 僕(복). 子曰(자왈) 庶矣哉(서의재).

冉有曰(염유왈) 既庶矣(기서의) 又何加焉(우하가언). 曰(왈) 富之(부지).

曰(왈) 既富矣(기부의) 又何加焉(우하가언). 曰(왈) 敎之(교지).

공자께서 위나라로 가실 때, 염유가 수레를 몰았다.

공자께서 말씀하셨다. "백성들이 많구나!"

염유가 말했다. "백성이 많아진 다음에는 또 무엇을 더해야 합니까?"

공자께서 말씀하셨다. "부유하게 해야 한다."

염유가 말했다. "부유해진 다음에는 또 무엇을 더해야 합니까?"

공자께서 말씀하셨다. "가르쳐야 한다."

– 『논어』「자로」

염유는 공자의 제자이다. 공자에게 혼나는 대목도 많은 캐릭터지만, 지금이 순간은 묻고 답하는 스승과 제자의 다정한 모습을 보여주고 있다. 공자는 먼저 부유하게 해주고 나서 가르쳐야 한다고 말했다. 가르친다는 건 학생 입장에서 바꿔 말하면 배워야 한다는 것이다.

그 전에 부유함이라는 것에 대해 생각해 볼 필요가 있다. '지금 시대만큼 부유한 시대가 또 있을까?'라는 생각을 종종 한다. 하루 세 끼 식사를 챙겨 먹을 곳과 잠잘 수 있는 곳이 도처에 널려 있기 때문이다.

내 생활을 예로 들면, 시간을 아끼기 위해 아침 식사를 집에서 간편히 해결한다. 주로 죽이나 누룽지를 끓여 먹기를 좋아하고, 싫증 나면 가끔 미리 사다 놓은 간편식으로 맛난 아침 식사를 해결한다. 또, 점심과 저녁은 대학교 식당이나 병원 식당, 또는 적당한 식당에서 밥을 챙겨 먹는다. 여러 일정으로 급할 때는 편의점에서 삼각김밥과 사발면을 먹기도 한다. 내 기준으로 보면 먹을 게 도처에 널려 있는 시대인 것이다.

내가 독립하여 살던 곳은 형편에 맞는 저렴한 곳이었다. 돈이 없어 200/20 짜리 반지하에 살아보기도 하고, 옥탑에 살아보기도 하고, 지금은 우연히 은행에서 돈을 빌려 3,000/20짜리 저렴한 단독 집에서 살고 있다. 자기 형편에 맞추면 자기 몸 하나 누일 공간은 충분히 마련할 수 있는 넉넉한 시대라고 할 수 있다. 내 삶의 기준이 너무 낮다고 돌을 던지는 분도 계실 것 같지만, 어쨌

나는 고전 읽는 배달라이더다

든 이 정도면 먹을 것과 잠잘 곳이 충분한 것 아닌가 하는 생각이다.

자기 기준에 맞는 적당한 벌이로 먹을 것과 잠잘 곳이 충분한 상황이라면, 공자의 말처럼 공부를 추천하고 싶다. 더 좋은 먹거리와 더 편한 곳을 찾다 보면 끝이 없고, 정해진 삶의 시간만 소모될 뿐이다. 돈은 운에 따라 나중에 많이 벌 기회가 있을 수도 있지만, 시간은 결코! 다시 돌아오지 않는다.

또 자본주의가 주입하는 소비 패턴에 끌려다니다 보면 결국은 돈을 계속해서 많이 벌어야 하는 악순환의 구조에서 빠져나올 수가 없다. 차라리 자본주의에 이해관계가 얽힌 사람들이 우리에게 요구하는 기준에서 조금 덜 먹고 덜 입어, 시간을 아껴 재미있는 고전 공부를 해보시길 추천하고 싶다.

옛날에 서민들은 이런 내공이 깊은 고전 책들을 구할 수도 없고 가르쳐줄 사람도 흔치 않아서 배울 수가 없었다. 하지만 지금은 도서관에만 가도 책이 넘치고, 가르쳐주며 함께 읽을 사람을 찾고자 하면 인터넷으로도 손쉽게 찾을 수 있다.

모든 것이 갖춰진 시대에 태어났다면, 고전을 읽어 정신적인 삶을 더욱 윤택하게 하게 해야 한다. 그러므로 지금이 가장 고전을 읽기 좋을 때다. 잘 먹어서 몸을 살찌웠다면, 이제는 배워서 정신을 살찌우자.

『근사록 집해』에 해설을 달았던 '엽채'의 무서운 말이 있다.

厭飫(염어), 而有餘(이유여).

싫증 나고 물려서, 밖으로 흘러넘칠 때까지 공부하라.

－『근사록 집해』「위학」

'싫증 나고 물려서'라는 말은 부정적인 말이 아니라 배움에 깊이 젖어 드는 모습을 표현한 말이다. 배우다 정말 싫증이 난다면 젖어 들기 시작한 때이니 오히려 기뻐하면 된다. 그럴 때는 양을 조절해가며 쉬고 다시 하기를 반복해야 한다. 그렇게 머리에서 가슴을 통해, 발밑까지 적셔 들게 해서 길바닥에 배움의 발자국이 남을 정도로 흘러넘치게 하라는 말이다. 학생들에게 있어 정말 무섭지 않은 말이 아닐 수 없다. 할 거면 제대로 하라는 정도로 이해하자. 어쨌든 싫증 나고 물리도록 최대한의 시간을 바로 공부하는 데 써야 한다는 말이다.

최대한의 시간을 공부에 쓰는 데 두 가지 방법이 있다. 하나는 양으로 밀어 붙이는 것이고, 또 하나는 질적으로 깊이 들어가는 것이다. 하지만 양으로 밀어붙이려고 온갖 강의와 세미나에 참여하다 보면 쫓아가느라 바빠 남는 건 없고 몸은 지쳐 쓰러진다. 반대로 조금을 가지고 지지부진하게 오래 매달리고 있으면 시간은 잘 가겠지만, 딱히 시간 대비 더 얻는 것도 없다. 왜냐하면 현재 자기 이해 수준에서 벗어나 더 많은 것을 얻으려고 하는 과욕이기 때문이다.

처음에는 누구나 의욕에 불타오르기 마련이니 한 번 자신을 테스트해보는 것도 괜찮다. 강의는 선생님이 해주실 거고 세미나는 반장이 준비해올 테니 나는 가서 오로지 흡수하겠다는 가벼운 마음 하나만 가지고 가도 좋다. 배움의 시작은 늘 귀동냥으로 시작하는 법이니까.

지금 나 같은 경우, 학기 중에는 일주일 내내 매일 한두 개 정도의 강의와 세미나가 있다. 남는 시간에는 생계형 배달 알바를 한다. 또 알바 중 남는 시간에 틈틈이 복습도 한다. 나도 처음부터 이렇게까지 했던 건 아니다. 그냥 하다 보니 점점 늘어나서 이러고 있을 뿐이다. 또 배달 알바가 우연히 프리랜서로 바뀌는 바람에, 시간 관리가 유연해져 더욱 밀도 있는 하루를 보내고 있는 중이다.

군이 욕심내서 이렇게까지 할 필요는 없겠지만, 여건이 되는 한 과부하가 걸릴 때까지 최대치를 잡고, 정 힘들면 거기서 한두 개를 덜어내보는 방식도 괜찮다. 공자의 제자 '염구'처럼 스스로 선을 그어 '저는 힘이 부족합니다.'라는 한계를 만들지 말자.

자꾸 넘어서기 위해 노력해 한계치를 늘려가는 방식을 나는 개인적으로 좋아한다. 내가 아직 과로로 쓰러져본 적이 없기에, 더 할 수도 있을 것 같은 욕심이 생기기도 한다. 하지만 역시 핵심은 과하지도 않고 모자라지도 않게 하는 것이다. 자기 현재 여건의 적정선에 맞추어, 가능한 한 길게 가져가야 한다. 핵심은 양이 아니라 길게 하는 데 포인트가 있다.

그렇게 고전에 자신을 긴 시간 동안 담가 놓으면, 영화를 보거나, 거리를 걷거나, 사람을 만나는 일상생활 중에 눈앞에 보이는 풍경과 사건에 고전의 명문장들이 겹쳐서 왔다 갔다 하는 현상이 발생할 때가 있다. 그때가 '흘러넘치는 순간'이라고 봐야 한다. 그때는 내가 배달일을 하다가도 바로 퇴근해서 카페나 PC방에 가서 글을 쓴 적도 있다. 아니면 급한 대로 일단 핸드폰에 메모해도 좋다. 그렇게 일상생활을 통해 한 번 더 익히고, 더 나아가 글로 써서 생활 에세이로 남기기까지 하면 더욱 좋다.

정이천과 주자 같은 대학자 그룹들은 고전을 몇백 번씩 읽었기 때문에 대학자가 될 수 있었다. 하지만 우리의 목표는 대학자가 아니다. 하다 보면 얼떨결에 몇백 번을 읽을 수도 있겠지만, 처음부터 몇백 번을 목표로 잡는다면 아마 우리 대부분은 시작도 하지 못할 것이다.

하지만 낯선 한문의 감각을 익히는 데 긴 시간이 필요한 건 사실이다. 모든 외국어가 그렇듯이, 최소한 일주일에 한 번씩 3년은 꾸준히 해야 한다. 3년이라고 하니 거창해 보이는데, 그냥 '재미삼아' 다니다 보면, 어느덧 3년이 흘러가 있다.

우선 시작할 때는 1년을 목표로 잡아 머리카락부터 조금씩 적셔야 한다. 대신 배운 것을 일기장이나 글의 주제로 써먹거나 옆 사람과 수다를 떨면서 가지고 놀면 된다. 그것 또한 흘러넘치게 하는 공부법일 것이다.

『근사록 집해』에 다음과 같은 구절이 있다.

古之學者爲己(고지학자위기) 欲得之於己也(욕득지어기야), 今之學者爲人(금지학자위인) 欲見知於人也(욕견지어인야).

옛날의 학자는 자신을 위했으니 자신에게 얻고자 하였고, 지금의 학자는 남을 위하니 남들에게 알려지고자 한다.

－『근사록 집해』「위학」

과거의 학자들이 배웠던 이유는 스스로 익혀 자기 몸을 충분히 적시는 데 포인트가 있었고, 지금 배우는 자들은 남의 눈에 자신의 수준이 어떻게 비칠까를 고민하는 인정 욕망에 사로잡혀 있다는 말이다. 진정한 배움은 음식을 먹고 옷을 입었을 때의 따뜻함처럼, 나를 따뜻하게 채우는 일이라는 것이다.

내가 배달일을 오래하게 된 이유는 단순하다. 바람을 맞으며 달리는 걸 좋아하는 이유도 있지만, 늙어서까지 계속 슬금슬금 할 수 있는 일인 거 같아서이기도 했다. 나는 어느 한 가지 일을 시작해서 괜찮다 싶으면 그냥 눌러앉는 걸 좋아하는 습성이 있다. 누가 강제로 밀거나, 내쫓지 않는 한 눌러앉는다. 다른 데로 옮겨가기보다는 가급적 최대한 길게 하려고 하는 습성이 있다.

처음 『논어』를 배워야겠다고 생각했던 이유도 그랬다. 『논어』를 배워두면 그 뜻과 의미가 각 연령대에 따라 다르게 다가오는 책이라는 말을 들어서였다. 그럼 한 번 배워두면 죽을 때까지 심심하지는 않겠네 싶었다. 늙어 병상에 입원해서도 종일 혼자서 가지고 놀 수 있는 최후의 놀이를 배워둬야겠다는 생각이었다. 평생 혼자 가지고 놀 수 있는 장난감이라니, 정말 최고의 가성비가 아닌가. 시시한 자기계발이나 자격증 책에 비할 바가 아니다. 아마 나는 평생 우울증에 시달릴 일은 없지 않을까 싶다.

그런데 하다 보니, 그 고전의 매력에 빠져 매주 스터디 준비하기에 바쁜 나날을 보내게 된 것이다. 그렇게 시작된 취미생활이 뻗어 나가 제도권에서까지 한문 공부를 하는 현재에 이르게 되었다. 내가 이걸 배워서 누굴 가르쳐보겠다는 생각을 한 적은 없다. 그런 건 내가 할 수 있는 영역도 아니고, 머리 좋은 전문가들이나 하는 영역이라고 생각했다. 혼자서도 잘 읽을 수 있는 정도가 되면 멈추려고 했는데, 그 영역이 사서삼경을 넘어가기 시작한 것이다.

내가 이걸로 밥벌이를 해보겠다는 마음을 냈지만, 될지 안 될지는 지금으로서도 알 수 없는 게 아닌가 싶다. 알 수 없지만, 그냥 '재미 삼아' 계속 밀어보는 것이다. 왜냐하면 손해가 아니기 때문이다. 경제 활동이 되는 쪽으로 밀어보기야 하겠지만, 결국 어디까지나 이런 학문을 배우는 건 나 자신을 위한 것이지, 남들을 가르치거나 남들에게 인정받는 데 포인트가 있지는 않다.

나는 오늘도 나 자신을 위해서 읽는다. 나 자신을 위해서 같이 읽을 사람을 모은다. 앞으로도 그러고 싶다.

나는 고전 읽는 배달라이더다

2장

라이더의
고전 공부법

함께 읽기

고3 수험생 시절 나 역시 수능시험을 봤고, 대학 편입학을 위해 토익시험도 봐야 할 때가 있었다. 점수는 정확히 기억이 나지 않지만 수능은 거의 찍다시피 해서 반타작도 안 되는 점수가 나왔고, 토익시험에 총 두 번 도전했지만 결국 400점을 넘기지 못했다. 그렇다. 토익도 거의 찍다시피 했었다.

이런 상황에 나의 한자 실력은 더 말해 무엇하겠는가. 중학생 수준에 빗대어 말하기도 민망한 수준이었다. 초등학생 수준이라고 해야 사실에 가까울 것이다. 그랬던 내가 지금 '사서삼경'을 읽고 있다. 『논어』에 다음 구절이 있다.

子曰(자왈) 學而時習之(학이시습지), 不亦說乎(불역열호).

공자께서 말씀하셨다.

"배우고 때때로 그것을 익히면, 또한 기쁘지 않겠는가."

– 『논어』 「학이」

『논어』에서 가장 처음 나오는 문장이다. 『논어』는 잘 몰라도 이 첫 구절은 누구나 들어봤을 것이다. '때때로 그것을 익힌다'는 건 때에 맞게 익힘을 말한다. 그래서 강의를 통해 도움을 받았으면 다음 시간이 되기 전까지 스스로 복습을 해야 한다. 강의나 세미나는 추진력을 보태줄 뿐이고, 핵심은 자기 복습이다.

남의 도움을 받아 이해한 것은 외면적인 즐거움을 주지만, 복습을 통해 스스로 소화하는 과정에서 생기는 '내면적인 희열'은 주지 못한다. 그렇기에 스스로 익혀야지만, '즐거움'을 넘어 '기쁨'을 느낄 수 있는 것이다. 내가 읽어낼 수 있었던 동력은 바로 기쁨이었다.

하지만 그게 다가 아니다. 기쁨을 길게 가져갈 수 있는 '지속적인 동력'은 바로 함께 공부했던 학우들이 있었기에 가능했다. 복습 세미나가 끝없이 이어졌지만, 결코 질리지 않았던 3년간의 경험을 떠올려보려 한다.

① 같이 공부하라

혼자 하는 공부는 작심삼일이다. 작심삼일이 아니어도 1년을 넘기지는 못할 것이다. 사실 반년도 못 넘길 것이다. 물론 가능한 경우도 있다. 정말 내가 그 공부를 해야만 하는 아주 절실하고 눈물겨운 상황에 처했을 경우에 가능하다. 불행인지 다행인지 모르겠지만, 우리 대부분은 그런 절실한 이유가 없다고 봐도 무방하다. 그렇기에 길게 가기 위해서는 함께 이끌어주고 밀어줄 옆 사람이 필요한 것이다. 하다못해 산에 올라가더라도 혼자 올라가는 것과 둘 이상 함께 올라가는 것에는 결과적으로 큰 차이가 있다. 더 강조하지 않아도 아마 모두 자기 경험에서 느껴본 적이 있을 것이다.

한문도 결국 외국어다. 우리에게 영어가 어려운 이유는 주어, 동사, 목적어의 어순이 한글과 같지 않아서다. 한문도 마찬가지다. 오히려 영어와 어순이 같다. 그래서 이 공부는 최소 3년은 해야 한다. 길게 가야 하므로, 처음부터 힘들고 어렵게 올라가는 건 추천하지 않는다. 하지만 긴 시간을 지속하는 데 함께해줄 옆 사람은 꼭 필요하다.

내가 2015년 가을쯤에 『대학』 강의를 들을 때는 수업이 끝나고 곧바로 이어지던 복습 세미나가 있어서 스터디를 만들 필요가 없었다. 하지만 2016년에 『맹자』를 공부할 때는 정해진 복습 프로그램이 없어서 따로 만들어야 했다.

당시 인문학 공동체에서 맹자를 함께 듣던 사람 네다섯 명이 매주 만나 강의 시간에 나갔던 진도 내용을 다시 한 번 읽어나갔다. 한문 공부를 시작한 초반부라서 알바하고 강의 하나 듣고 스터디 한 번 하는 것으로도 1년이 그냥 훅 지나갔다.

2017년에는 『논어』, 『도덕경』, 『장자』 강의를 들었다. 그때는 기존 멤버 한 명과 둘이서 복습을 이어나갔다. 공부하는 장소는 사정에 따라 종종 바뀌기도 했지만, 스터디가 멈춰진 적은 없었다. 한 주라도 쉬게 되면 그다음 주는 밀린 분량까지 다 하느라 숨차게 복습을 이어나갔던 기억이 난다. 그러다 보면 어느덧 4~5시간이 지나가 있었다.

처음 시작은 내 기쁨의 의지였겠지만, 그 지속력은 역시 옆 사람이 있었기에 가능했던 것이다. 계절이 바뀔 때면 마음이 들떠 싱숭생숭해지지만, 다시 흩어지려는 마음을 붙잡아주는 건 역시 옆 사람이 공부하고 있는 모습이다.

『장자』를 배울 때는 이중 스터디를 하기도 했다. 이미 스터디를 하고 있었지만 같이 듣던 동생과 또 다른 스터디를 시작하게 된 것이다. 매주 강의를 듣고서 1차 복습 스터디를 하고, 또 시간을 만들어서 2차 복습을 해나갔다. 2차 때는 내가 원문을 읽고 해석을 해서 나보다 더 '한맹'이었던 동생을 이해시켜야만 했다. 사실상 한 명을 앉혀놓고 미니 강의를 했던 셈이다. 그렇게 사람과 인연이 닿으면 2차 스터디도 마다하지 않았다.

나는 고전 읽는 배달라이더다

② 자기 분량을 확보하라

스터디에 참석만 해서는 곤란하다. 그 동생과 2차 스터디를 두 달여 간 했지만 끝까지 이어가지는 못했다. 지금 생각해보면 아마 나 혼자 떠들어서 그런 것 같다. 지금도 주기적으로 연락하는 그 동생은 오히려 내가 재미있게 설명해줘서 장자 강의를 끝까지 완주할 수 있었다고 말한다. 그럼에도 불구하고 복습 스터디가 이어지지 못했던 것은, 자신이 참여하지 않아 나중에는 재미가 없어져서 그랬을 것이다.

한문에 재미를 느끼려면 자신도 참여해야 한다. 참여를 위해 매주 자신이 할 수 있는 분량을 정해서 준비해와야 한다. 처음에는 한문 해석도 잘 안 된다. 해석은 고사하고 한자음을 읽는 것조차 힘들다. 하지만 참여하지 않으면 한문이 잘 늘지도 않을 뿐더러, 무엇보다도 신이 나지 않는다. 남이 아무리 잘 설명해준다 하더라도 자신이 더듬거리며 한 번 읽는 것보다는 못한 것이다. 그렇게 어느 정도의 능동성이 필요하다. 남이 하는 걸 듣기만 하면 결국 지겨워진다. 자신의 참여 없이 강의와 복습을 통해 같은 걸 한 주에 두 번이나 듣기만 했던 그 동생은 나름 지겨웠던 것이다.

그렇기에 매주 스터디를 하게 된다면, 자기 실력에 맞게 조금이라도 자기 분량을 챙겨야 한다. 그래야 나를 위한 시간이 되기 때문이다. 또, 하다 보면 계절이 바뀔 때마다 자신이 소화할 수 있는 분량이 점점 늘어나, 성장하는 기쁨도 느끼게 된다.

참여하라! 그들만의 리그에 내 시간이 희생되는 것을 아까워해라!

彼童子之師(피동자지사) 授之書(수지서), 而習其句讀者也(이습기구두자야).

저 동자의 스승은 책을 가르쳐주어, 구두를 익히게 하는 자이다.

-『고문진보 후집』「사설」

위 말은 스승은 무엇인가를 정의한 「사설」의 일부이다. 이 사설(師說)을 지은 한유라는 학자는 "스승이란 끊어 읽기를 익히게 하는 것을 넘어, 도(道)를 전하고 의혹됨까지 풀어주어야 한다."라고 말했다.

그렇지만 그것은 어디까지나 이미 한문 언어권에서 생활하는 사람들에게 해당하는 말이다. 처음 한문을 접하는 사람들은 경서의 깊은 뜻까지 이해해보려고 머리를 싸매기보다, 소리 내어 읽음으로써 한문이라는 문장의 구성 체계에 맞게 끊어 읽어보는 데 포인트를 두는 것이 먼저다.

우리 학당에서는 소리 내어 매끄럽게 읽기 편하도록 『낭송 주역』, 『낭송 논어』 등등 낭송 시리즈를 계속해서 출판하고 있다. 그만큼 끊어 읽어보는 낭송은 머리로 이해하고 손으로 강의 내용을 필기하는 것보다도 더 중요하다.

머리로 이해한 것은 결국 잊어버리게 되고, 손으로 적은 필기는 결국 버려지게 된다. 하지만 소리 내어 읽었을 때의 그 울림은 내 몸 깊숙이 남는다. 그래서 다음에 다시 그 고전을 읽게 되면, 한자음의 친숙함과 동시에 읽기 수월함이 느껴지는 것이다. 이것이 몸에 남아 있다는 증거다. 그래서 한문을 가르치는 곳에서는 늘 낭랑하게 소리가 울려 퍼진다. 일단 그 소리를 몸에 기억시키기 위함이다.

① 구두에 맞게 끊어 읽어라

한문은 대체로 띄어쓰기가 되어 있지 않고 붙어 있는 문자다. 그래서 어떻게 끊어서 읽는지에 따라 주어, 동사, 목적어가 달라진다. 그에 따라 의미와 해석이 달라지기도 한다. 예를 들어, 『논어』 구절의 동사를 무엇으로 잡느냐에 따라 해석이 달라지는 것이다.

하지만 어쨌든, 처음 읽는 사람은 대중적인 방법을 따라야 한다. 현재 『논어』는 '주자'라는 학자가 풀이해놓은 판본이 지난 800년 동안 대중성을 획득했다. 또, 노자의 『도덕경』 같은 경우는 '왕필'이라는 사람이 만든 판본이

1,000년 넘게 여러 학자에게 스테디셀러로 읽혀왔다. 우리는 거기에 맞추어 구두를 끊어 읽는 연습이 필요하다.

② 천천히 상기하며 깊이 새겨라

구두에 맞춰 끊어 읽는 것에서 한 발 더 나아간다면, 한 글자 한 글자 읽을 때마다 그 뜻을 상기하며 아주 천천히 곱씹듯 읽어야 한다는 것이다. 이런 행위를 한문 선생님들께서는 '새긴다'라는 표현을 쓰신다. 느림보 거북이가 나아가듯 느리게 읽어야 더욱 깊이 새겨질 수 있다.

강의에서는 부득이 중간중간에 읽을 시간이 없어 마지막에 몰아서 읽는다. 하지만 여건이 된다면 초보자는 너무 길지 않게 읽는 것이 좋다. 지금 시경을 읽고 있는 내 세미나에서는 상기하며 읽기 위해, 시 한 편 강독이 끝나면 곧바로 다 같이 천천히 읽은 후 다음 시로 넘어가는 방식을 사용하고 있다.

금붕어의 기억력은 3초라는 우스개가 있는데, 사실 내 기억력도 그렇게 길지 않다. 그래서 너무 길면 앞에 읽었던 내용이 기억이 안 난다. 나처럼 기억력이 별로 안 좋은 사람들 또한, 문장 단위로 끊어서 먼저 소리 내서 읽고 다음 문장으로 넘어가는 것도 좋은 방법이다.

혼자 공부할 때는 시간이 많으니까 그렇게 한 문장 한 문장 소리 내 읽고, 마지막에 몰아서 다시 한 번 소리 내어 읽어주면 더욱 좋다. 반복되어 더 깊이 새겨질 것이다.

손으로 읽기

形則著(형즉저), 著則明(저즉명).

나타나면 뚜렷해지며, 뚜렷해지면 밝아진다.

－『중용』「23장」

『중용』에 나오는 말인데, 손으로 써보는 연습에도 적용된다. 한자 모양을 공책에 그려 나타내보면 잘 보이지 않았던 한자의 구성들까지 눈에 들어와 뚜렷해지고 분명해진다. 낭송을 통해 입으로 한문 구성 리듬을 익혔다면, 손으로는 한 글자 한 글자의 구성을 익히는 것이다. 손으로 쓰다 보면 이 복잡하게 생긴 한자 한 개에 어떤 작대기들이 모여서 이루어졌는지를 알게 된다.

우리 학당 세미나 중에 '손으로 읽는 논어' 팀이 있는데, 나도 잠깐 참여했던 적이 있었다. 논어를 읽기 위함이었는데, 막상 가보니 다들 미리 한 번씩 써오는 시스템이었다. '이걸 귀찮게 왜 써오지?'라는 생각이 들었다. 역시 나는 이해가 되지 않으면 그냥 안 하는 옹고집이 있어서, 그냥 책만 들고 다녔다.

하지만 새로운 뭔가가 있으면 바로 내 세미나에 적용하고 싶어진다. 그래서 내 세미나를 준비할 때는 나 혼자 공책에 미리 써보기 시작했다.

막상 해보니, 썼을 때와 안 썼을 때의 차이가 확연함을 느꼈다. 시간이 부족했던 날은 못 써본 채로 책에 간단히 메모만 해서 부랴부랴 갔던 적이 있었다. 그런데 이상하게도 옆에 메모해놓은 한자 뜻을 보지 않으면 기억이 나질 않았다. 그 한자를 한 번 손으로 쓰면서 한 획 한 획 몸에 기억시키지 않으니, 이 한자가 저 한자 같고 저 한자가 이 한자 같은 모호함이 생기는 것이다. 역시 써야 한다. 써봐야 뚜렷해지고 분명해진다.

① 획순에 맞게 써라

나는 완벽주의 기질이 있어서 한문을 처음 배울 때부터 획순에 맞게 쓰기를 좋아했다. 한문을 쓸 때 획순을 알지 못하면 손이 나아가질 않았다. '어느 작대기부터 그어야 하지?' 심지어는 '왼쪽에서 오른쪽으로 긋는 건가? 반대인가?'라는 생각에 혼자 아리송해가며 써나가기도 했다.

한자를 예쁘게 쓰는 데 특별한 방법이 있는 것은 아니다. 획순에 맞게 쓰면 큰 틀에 있어서 균형감 있는 예쁜 한자가 된다. 계속 쓰다 보면 개성 있는 자기만의 글씨가 되는 단계까지 나아갈 수도 있다. 일단 획순이 잘 나와 있는 사전을 이용해서 순서에 맞게 제대로 써보는 재미를 가져보자.

② 공책에 또박또박 크게 크게 써라

깍두기 모양의 한문 전용 공책을 쓰자. 그 깍두기 상자에 크게 크게 써야 한자의 획 구성이 눈에 잘 들어와 익히기 좋다. 서예가가 된 것처럼 한 획 한 획 긋다 보면 시간이 금방금방 가면서 집중력이 점점 올라가는 자신을 발견하기도 한다.

지금 내가 다니고 있는 제도권 학교 과목 중에 『시경』이 있었는데, 『시경』 선생님이 매주 한문 써오기 숙제를 내주셨던 때가 있었다. 그때 공책을 일반 공책으로 나눠주셨는데, 한자 획을 긋는 맛이 확실히 깍두기 공책보다 떨어져 나만 깍두기 공책으로 바꿨다. 그때 쓰기 숙제가 2시간 이상 걸렸다.

그냥 쓰기만 하면 사실 10분 만에도 쓸 수 있는 양이었다. 하지만 나는 쓰는 시간이 재미있어, 시간이 되는 한 길게 가져가고 싶었다. 쓰면서 한자 대표 뜻을 찾아 밑에 적고, 처음 접하는 한자일 때는 그 작대기 구성을 분해해가며 하나하나 다 사전을 찾아보기도 했다. 그렇게 쓰고 나서 또 천천히 읽으며 되새김질하느라 시간이 오래 걸렸다. 이 한문을 다시 써보는 게 몇 년 후가 될지 알 수 없으니, 한번 만났을 때 시간을 들여 최선을 다하자.

아웃트로 – 고전 배달(配達) 해야지

　방학을 맞아 생활이 많이 한가로워져, 느지막이 일어나 걸레를 들고 오토바이를 닦았다. 경찰한테 잘 보이기 싫은 건지, 번호판에는 여전히 손이 가지 않는다. 그러고 나서 바쁜 생활 중에 미루어두었던 오토바이 정기 점검을 받으러 갔다. 정비소가 배민 중부센터와 통합하는 바람에 더 멀어져서 마포구까지 가야 했다. 그래도 무료로 관리해주는 나름 회사 이륜차이기에, 소소한 불만은 있지만 큰 불만은 없다.

　점심 피크가 끝나기 전에 빠짝 당겨 벌어볼 겸, 나의 서식지 황학동에 가서 2~3시간 정도 일하고 5만 원 정도를 손에 쥐었다. 그러다 3시쯤 되면 한가해져, 배달콜이 몇 개 없게 된다. 햇빛을 맞으며 요리조리 움직여서 그런지, 이때쯤 되면 몸도 나른해진다. 그러면 알찬 오후 피크타임을 위해 낮잠을 잘 겸, 집으로 돌아간다.

　그렇게 깨어나 다시 제2의 아침을 맞이한다. 재충전된 맑은 정신으로 다시 배달일을 하는 중에 우연히 내 스쿠터에 붙어 있는 '배달의 민족'이라는 글귀가 눈에 들어왔다.

문득 '배달이 뭘까'라는 생각이 들었다. 사전을 찾아보면 짝 배(配)와 통달할 달(達)이다. 단순히 이어붙이면 '짝을 통달하게 해준다'인데, 두 짝을 통하게 해준다는 말이다. 다시 말해, 두 사람 사이를 연결해 트이게 해주는 것이다.

나는 음식 배달(配達)원이니까, 음식을 만드는 자와 필요로 하는 자를 연결해주는 중간다리 역할이다. 그렇게 배고픔으로 막혀 있는 사람을 트이게 하여 식욕을 해결해주는 것이다.

인간의 3대 욕구는 식욕, 수면욕, 배출욕이라고 한다. 배출욕 대신에 성욕을 집어넣어야 한다는 말도 있고, 다른 것이 들어가야 한다는 설도 있다. 어쨌든 다 밖으로 뭔가를 배출하는 거니까, 그냥 하나로 통쳐서 배출 욕구라고 보면 될 것 같다. 이 글쓰기라는 것도 결국은 배출 욕구 안에 포함되는 것이 아닌가 싶다.

그중에서 식욕은 논란이 없는 필수 욕구라고 볼 수 있다. 나는 식욕 해결 방법 중 한 축을 담당하고 있으니, 자본주의적 가치를 떠나 바라본다면 상당히 중요한 일을 하는 사람이다.

사실 모든 직업의 원리는 같다. 사람들의 막힌 부분을 트여 해결해주는 것이 곧 직업으로 만들어진다. 직업을 바라보는 가치는 시대에 따라 늘 변해왔다. 그리고 지금도 계속 변해가는 중이다. 그렇기에, 시대에 구애받지 말고 각자가 하고 싶은 일을 하면 그뿐이다.

난 배달이 좋아서 배달일을 한다. 그런데 요즘은 음식 배달 말고 다른 배달도 해보려고 한다. '고전 배달(配達)'이다. 그런데 고전 배달은 좀 힘들다. 음식 배달은 갓 만들어진 음식을 곧장 소비자에게 전달하는 나름 손쉬운 일이다. 하지만 고전 배달은 너무 오래전에 만들어진 식품이라, 잘 재가공해서 현대인의 입맛에 맞게 배달해야 한다. 그래서 오토바이로 하는 배달에 비해 시간을 더 써야 한다.

5분 단위로 계획하고 움직이는 배달일의 특성상 시간에 아주 민감한 편이지만, 음식 조리처럼 긴 시간의 '정성'을 들여 잘해볼 요량이다.

감사합니다.

배달(配達)원 병선이 올림.

2020년 10월 가을은 라이딩하기 좋은 날씨다. 그래서 혹서기 여름에 비하면 배달료 할증이 없는 보릿고개 시절이라고도 할 수 있다. 내 몸은 여전히 여름에 쭉쭉 벌었던 그 맛을 못 잊었는지, 할증 없는 기본 배달료에는 손가락이 움직여주질 않고 있다. 게다가 요즘은 AI(자동배차시스템)가 정착되어 가는 중이라, 배달대행업이 시작된 초창기처럼 원하는 만큼 많은 콜을 잡을 수 있는 구조도 아니다. 이제 일부 라이더들의 높은 수입에 관한 이런저런 이슈가 언론에 잘 비치진 않을 것이다. 라이더 수입이 어느 정도 평균화되어가는 중이니까.

한편으로는 코로나 이슈로 배달주문이 부쩍 늘어나긴 했다. 하지만 그만큼 배달 벌이로 생활을 이어가는 사람 역시 큰 폭으로 늘어났다. 거기다 배달대행 업체들이 늘어나는 주문량을 소화하기 위해 배달 수단을 늘려 도보 배달, 자전거 배달, 킥보드 배달까지 생겼다. 이제는 남녀노소 누구나 언제 어디서든 배달할 수 있는 환경이 만들어진 것이다. 그래서 요즘은 젊은 여성 라이더도 간간이 눈에 띄고, 50대 초 아저씨도 많아졌다. 마치 전 국민 배달시대가 된 듯하다.

그래서 그런지, 요즘은 라이더 사고율도 같이 증가하는 추세다. 새롭게 배달을 시작하는 초보자들이 한 번에 대거 유입됐기 때문이다. 내가 속한 배민 라이더스는 그래도 산재보험을 의무적으로 가입시켜 다행이지만, 쿠팡이츠 같은 대형 배달업체는 배달 노조의 압력으로 이제야 산재보험 시행에 대해 언급을 하는 중이다. 자기네 회사 음식을 날라주는 사람이지만, 안전에는 별로 관심이 없었던 것이다. 그동안 라이더들은 위험 직종에 종사하면서도 보험으로는 보장이 안 되는 자기 신체 손해에 있어 무방비 상태였다. 그 이외에도 최근에 본 『배달의 민족은 배달하지 않는다』라는 책을 통해 안전의 사각지대에 놓인 라이더가 많다는 것을 알았다. 사람들이 다 나처럼 안전을 보장받고 일하는 게 아니었다.

특히 지방 군소 대행업체에서는 목숨이 왔다 갔다 할 수 있는 위험한 일임에도 불구하고, 산재보험에도 가입 안 시키고 라이더를 도로 위에 던져놓고 있었다. 산재 없이 사고가 나면 자기 몸은 자기가 알아서 해야 하는 현실인 것이다. 지방에서 일하는 라이더들은 아직도 일할 때는 근로자처럼 전화와 메신저를 통해 여러 방식으로 압력을 받고, 그러다 사고가 나면 개인사업자이면서 사장님이라며 업체들은 책임을 회피하는 중이다. 그래서 노동청 발표에 따라 현재 배달앱 라이더들의 산재보험 가입률이 0.4%에 머무를 수밖에 없는 것이다.

20대의 혈기를 주체하지 못해 속도감으로 젊음을 표현하는 청년들도 일부 있겠지만, 일부를 가지고 전체를 매도하기보다는 도로 위의 무법자가 될 수밖에 없는 이러한 구조적인 현실과 최소한의 안전을 보장받지 못하고 있는 라이더들의 현실에 좀 더 귀를 기울여 주셨으면 좋겠다. 전국의 모든 라이더가 산재보험 아래서 안전을 보장받는 날이 오고, 더 나아가 배달업이 '청년 산재 사망 1위' 자리에서도 내려오게 되기를 바란다.